95

D0747172

COLLECTION FOLIO

Jacques Prévert

Spectacle

PROGRAMME

LA TRANSCENDANCE

Il y a des gens qui dansent sans entrer en transe et il y en a d'autres qui entrent en transe sans danser. Ce phénomène s'appelle la Transcendance et dans nos régions il est fort apprécié.

I

LE DIVIN MÉLODRAME

PREMIER TABLEAU

Le rideau se lève sur une salle à manger. Mobilier sobre, discret, cossu, style Louis XIII Richelieu Drouot. Une porte côté cour et une autre côté jardin. Une grande baie vitrée avec des rideaux. Devant une table servie, un monsieur et une dame sont assis. Sur un plat de faïence bleue, entouré de feuilles de salade, un rat froid, à peine entamé.

LE MONSIEUR

Et que donne-t-on, chère amie, ce soir, au Théâtre-Français?

LA DAME

La Divine Comédie!

LE MONSIEUR

Vraiment, vous croyez que cela vaut la peine?

LA DAME

(le foudroyant du regard)

En voilà une question!

> Pénible et long silence, un ange passe. Il n'a qu'une aile et très déplumée, il boite et c'est en traînant la savate qu'il traverse la scène. Il dérobe en passant une

feuille de salade et sort par le côté cour en la dévorant avec une révoltante gloutonnerie, tout en poussant un sordide soupir de lassitude et de découragement.

LA DAME

Oh, vous pouvez soupirer, mon ami, si vous ne voulez pas m'accompagner, j'irai seule, voilà tout!

LE MONSIEUR

(protestant, mais sans aucun enthousiasme)

Mais je n'ai pas dit cela, bien au contraire, je me ferai un plaisir d'aller voir cette Divine Comédie. Peut-on savoir qui joue là-dedans, chère amie?

LA DAME

Décidément, mon cher, vous n'êtes au courant de rien. Qui joue là-dedans, en voilà une question, mais l'auteur!

LE MONSIEUR

!!!! L'auteur?

LA DAME

Enfin, c'est irritant, autant me demander qui jouait Alceste dans Le Misanthrope... L'auteur, en vérité, et trêve de discussion.

LE MONSIEUR

Oh là, permettez, je vous arrête, car il me semble bien qu'en l'occurrence, un certain Dante Alighieri, qui ne manquait certes d'ailleurs pas de talent, est cependant bel et bien mort et depuis fort longtemps!

LA DAME

Et alors?

LE MONSIEUR

Comment, et alors?

LA DAME

Parfaitement, et alors? Et alors, qu'est-ce que ça prouve? Rien d'autre, comme d'habitude, que l'existence de Dieu!

LE MONSIEUR

!!!

LA DAME

Parfaitement et dites-moi donc, esprit fort, et c'est une façon de parler, qui est l'auteur de Dante Alighieri? Oh bien sûr, vous ne le diriez pas, le mot vous écorcherait la langue, et pourtant il est simple, c'est Dieu!

LE MONSIEUR

Mais enfin... tout de même, vous n'allez pas me faire croire...

LA DAME

... que Dieu lui-même joue ce soir La Divine Comédie? Et pourtant, c'est un fait, et tout Paris en parle, mais vous êtes toujours perdu dans vos chiffres, comme un ours.

LE MONSIEUR

Je suis financier, chère amie.

LA DAME

Et ce n'est pas une raison pour raisonner comme un savetier, vraiment, les impondérables vous échappent... Tenez, si un ange passait, là, devant nos yeux, vous n'y verriez que du feu!

LE MONSIEUR

(« spirituel »)

Le feu du ciel sans aucun doute!

> Long silence.
> L'ange passe à nouveau et traînant la savate, s'empare d'une feuille de salade puis, perdant de plus en plus ses plumes, il sort en poussant un très triste soupir bien attendrissant.

LE MONSIEUR

Voyons, chère âme, ne soupirez pas ainsi, je vous accompagnerai.

LA DAME

Je n'en attendais pas moins de vous, ami. Encore un peu de rat froid?...

LE MONSIEUR

Non, merci!

LA DAME

La queue, c'est le meilleur morceau!

LE MONSIEUR

Non, vraiment.

LA DAME

A votre aise, le sot l'y laisse... comme on dit. (Elle se lève.) Il se fait tard et je vais m'habiller.

LE MONSIEUR

(se levant à son tour)

Moi aussi, amie... le temps de passer mon habit noir et je suis à vous.

> Ils sortent, l'un par le côté cour, l'autre par le côté jardin. A peine sont-ils sortis qu'une foule de rats surgit et envahit la table.

CHŒUR DES RATS

Le rat est mort, vive les rats!

> Ils se jettent sur les restes du rat et les dévorent.
> A cet instant l'ange apparaît et se jette sur les rats, essayant de leur arracher quelque chose à manger.
> Le rideau tombe et se relève sur les rats couverts de plumes et sur l'ange couvert de rats.

CHŒUR CÉLESTE DANS LA COULISSE

Anges purs, Anges et rats de Dieu...
Portez notre âme, etc... etc... etc... etc...
Anges, etc... Rats... de Dieu...

DEUXIÈME TABLEAU

> Le décor représente le Théâtre-Français. La salle est comble, le rideau pas encore levé.

UNE VOIX

(venant des coulisses)

Vous qui entrez ici laissez toute espérance
Demandez le programme
Pas de casquette dans la salle
Je le paie mille francs
Vous êtes priés de laisser vos animaux au Bestiaire
Et vous êtes priés également comme le disait lui-même
   Alexandrin le Grand
De laisser cette salle aussi propre en sortant
Que vous auriez voulu la voir propre en entrant!

DES HUISSIERS EN HABIT NOIR

(offrant aux spectateurs des petits sachets de papier)

Demandez la poussière

Demandez la poussière
Qui n'a pas sa poussière

> Les spectateurs achètent et tout en échangeant des idées, des reparties drôles, des propos acerbes et des grivoiseries délicatement ornées, ils se jettent, en souriant finement avec gravité, des pincées de poussière aux yeux et au nez.

DES SPECTATEURS

Et comme le titre est bien choisi absolument divin une
   trouvaille vraiment La Divine Comédie
Ah nous sommes bien les pantins dont il tire les ficelles
Quel acteur quel prodigieux acteur et quel auteur un
   véritable Créateur!

LES HUISSIERS

Demandez la poussière
Demandez la poussière
Qui n'a pas sa poussière

LES SPECTATEURS

Ah! ce Dieu vraiment véritablement non seulement il a du
   génie mais il a tous les talents
L'avez-vous vu dans Le Monde où l'on s'ennuie
L'avez-vous vu dans Le Dernier Voyage de Monsieur
   Perrichon
L'avez-vous dans L'Assommoir avec son beau bâton
Et dans Le Charnier des Innocents
Dans Les Mousquetaires au Couvent
Et dans Thermidor quand il joue le Homard
Et dans Le Soulier de Satin ou Les Fourberies d'Escarpin
Inoubliable
Et dans L'Hôtel du Libre Arbitre quand il apparaît en
   caleçon au troisième acte devant la petite Thérèse de
   Lisieux qui a des visions il donne au vaudeville ses titres
   de noblesse il réhabilite un genre le genre humain mon
   cher avec ses déchéances et ses petites faiblesses

Et en travesti dans La Fille Aînée de l'Église et du Régiment
    réunis
Et dites-moi donc ma chère qui aurait pu comme lui sans
    sombrer sous les rires tenir le rôle impossible du Cocu
    dans cette chose révoltante et du Divin Marquis
Les Infortunes de la Vertu
Et dans Le Maître de Forges
Il est je ne sais pas moi
Absolument
Absolument vulcanique sidérurgique écrasant
D'accord mais je le préfère encore dans le rôle du Briseur de
    La Grève des Forgerons quand il remet son marteau sur
    l'enclume et qu'il dit
Et si Dieu à son tour lui aussi faisait grève qui pourrait
    distinguer le jour d'avec la nuit
Cent fois sur le métier remettez votre ouvrage et vos péchés
    vous seront tous remis!

II

LES QUATRE CENTS COUPS
DU DIABLE

Le rideau est baissé
L'orchestre joue une musique maléfique
Un grand air de Démonologie
On entend frapper les trois coups
Puis le quatrième coup
Puis le cinquième coup
Puis le sixième coup
Puis le septième coup
Puis le huitième coup
Puis le neuvième coup
Puis... le dixième coup...

....
....
....
....

etc... etc... etc... etc... etc...
Au quatre centième coup
le diable apparaît
et salue.

LE RIDEAU TOMBE

BRUITS DE COULISSE

MONSEIGNEUR BAUDRILLART

Je pense que ces événements sont fort heureux, il y a quarante ans que je les attends. La France se refait et selon moi elle ne pouvait pas se refaire autrement que par la guerre qui la purifie...

(Le Petit Parisien, 16 août 1914.)

PAUL CLAUDEL

Livraison de mon corps et de mon sang, livraison de mon âme à Dieu,

Livraison aux messieurs d'en face de cette chose dans ma main qui est pour eux !

. . . .

Si la bombe fait de l'ouvrage, qu'est-ce que c'est qu'une âme humaine qui va sauter !

La baïonnette ? cette espèce de langue de fer qui me tire est plus droite et plus altérée !...

Y a de tout dans la tranchée, attention au chef quand il va lever son fusil !

Et ce qui va sortir, c'est la France, terrible comme le Saint-Esprit !

. . . .

Tant qu'il y aura de la viande vivante de Français pour marcher à travers vos sacrés fils de fer,

. . . .

Tant qu'il y aura ce grand pays derrière nous qui écoute et qui prie et qui fait silence,

Tant que notre vocation éternelle sera de vous marcher sur la panse,

Tant que vous voudrez, jusqu'à la gauche! Tant qu'il y en aura un seul! Tant qu'il y en aura un de vivant, les vivants et les morts tous à la fois!

Tant que vous voudrez, mon Général! O France, tant que tu voudras!

(Trois poèmes de guerre, 1915.)

JACQUES MARITAIN

Bienheureux les persécutés!

Ceux qui savent pourquoi ils meurent sont de grands privilégiés...

(Le Cheval de Troie, revue littéraire mensuelle de doctrine et de culture, août-septembre 1947.)

LE PASTEUR ROLAND DE PURY

Il a fallu que le Chef vienne en personne pour révéler la servitude et organiser la résistance, lui donner les armes, les vivres, les ressources et les connaissances nécessaires, surtout le courage, la force et l'amour.

Le Roi du monde s'est donc fait parachuter à Nazareth, il y a deux mille ans. Il le dit en toutes lettres : « Je suis d'en haut, vous êtes d'en bas... »

(L'Église, maquis du monde, Chronique de minuit, 2ᵉ cahier.)

FÉMINA

... Pendant cinq ans les chiens ont été sacrifiés à des conditions d'existence qui ne permettaient pas de s'embarrasser d'eux. Les petits s'en tiraient de justesse, qui se contentaient d'une pitance réduite et prenaient le métro. On n'apercevait d'eux que le bout rose ou truffé d'un museau sortant d'un cabas ou d'un couffin. De Neuilly à Vincennes, ils ont tenu. Tenu dans un cabas. D'Auteuil à Austerlitz ils ont résisté...

(Fémina, août 1947.)

BOSSUET

... Et s'il est ainsi, chrétiens, si les souffrances sont nécessaires pour soutenir l'esprit du christianisme,

Seigneur, rendez-nous les tyrans, rendez-nous les Domitien et les Néron...

(Panégyrique de Saint-Victor.)

PAUL CLAUDEL

Dix fois qu'on attaque là-dedans, « avec résultat purement local ».

Il faut y aller une fois de plus? Tant que vous voudrez, mon Général!

Une cigarette d'abord. Un coup de vin, qu'il est bon! Allons mon vieux, à la tienne!

Y en a trop sur leurs jambes encore dans le trois cent soixante-dix-septième...

(Trois poèmes de guerre.)

LE R. P. BRUCKBERGER

Le peuple doit être converti. On n'a pas le droit de se convertir à lui. Il n'y a pas de grâce sanctifiante dans le peuple lui-même. Lui aussi a besoin d'être racheté par le sang de la Croix...

(Le Cheval de Troie, 1946.)

GASTON BAUDOIN

Et nous savons aussi que vous avez fait de grandes choses; les cathédrales font oublier l'inquisition : votre politique d'encouragement aux arts et aux lettres efface la Saint-Barthélemy; les ordres monastiques, œuvrant sur une matière rebelle, la terre et les cerveaux, ont préparé les temps modernes...

(Le Patriote de Nice, 20 juillet 1949.)

GRIPPE-SOLEIL

Vernissage intime au Musée Grévin, à l'occasion de l'entrée d'un François Mauriac de cire dans une loge reconstituée de l'Opéra où l'accueille une Marguerite Moreno figée mais très grande dame. Georges Duhamel et Colette que l'on attendait également, ne sont pas là, les ateliers n'ayant pu livrer à temps leurs mannequins inachevés.

C'était, malgré tout, une très belle chose et qui valait le dérangement. Moins ressemblant que Jeanne d'Arc, Mozart ou Charlotte Corday, mais tout de même assez fascinant, François Mauriac tourne dédaigneusement le dos à la scène pour regarder avec curiosité le public de chair et d'os qui défile devant lui.

La Direction du Musée, après avoir vainement tenté d'obtenir un smoking porté par l'éminent écrivain — à la grande indignation de ses enfants qui se sont réservé l'exclusivité de ces illustres et utiles dépouilles — dut y renoncer devant leur obstination. Et c'est, ma foi, un habit fort bien coupé dont elle fit les frais.

(Le Littéraire, 11 mai 1946.)

FRANÇOIS MAURIAC

Je crois l'avoir déjà écrit : le drame du cardinal Baudrillart c'est la vieillesse. Qu'il semble difficile de réussir sa vieillesse!

(Le Figaro, 30 juin 1947.)

BLAISE PASCAL

... Car j'ai une vénération toute particulière pour ceux qui se sont élevés au suprême degré, ou de puissance, ou de connaissance. Les derniers peuvent, si je ne me trompe, aussi bien que les premiers, passer pour des souverains. Les mêmes degrés se rencontrent entre les génies qu'entre les conditions, et le pouvoir des Rois sur les sujets n'est, ce me semble, qu'une image du pouvoir des esprits sur les esprits qui leur sont inférieurs, sur lesquels ils exercent le droit de persuader, qui est parmi eux ce que le droit de commander est dans le gouvernement politique. Le second empire me paraît même d'un ordre d'autant plus élevé, que les esprits sont d'un ordre plus élevé que les corps et d'autant plus équitable, qu'il ne peut être départi et conservé que par le mérite, au lieu que l'autre peut l'être par la naissance ou par la fortune...

(Lettre à la reine Christine de Suède, 1652).

FRANÇOIS MAURIAC

... Que les jeunes gens qui appartiennent au secteur, aujourd'hui directement visé, de la grande bourgeoisie d'affaires ne se découragent pas. Plusieurs ont déjà compris qu'il y a mieux à attendre de la vie que cette mainmise sur l'État par la toute-puissance de l'argent. Je me souviens de ceux que j'ai connus durant ma jeunesse, qui peut-être eussent marqué dans la politique ou dans les lettres, sans cette affreuse manie, héritage de famille, qui les inclinait à croire que tout s'achète, un journal, un siège de député, il va sans dire, mais même le talent, même la réputation ! Il leur reste de découvrir qu'il existe d'autres moyens de domination, et d'abord ce pouvoir des esprits, dont parle Pascal à la Reine de Suède, sur les esprits qui leur sont inférieurs...

(L'Avenir de la Bourgeoisie,
Le Figaro, 3 octobre 1944.)

PAUL GUTH

... Une amusette, un problème pratique, comme Pascal en agrippera toujours, pour se rafraîchir. Son père est envoyé à Rouen, pour y réorganiser la collecte des impôts. Dans cette ville liquide, enchâssée dans le giron de la Seine, Blaise illustre l'amour filial. Pour aider son père dans ses deux et deux font quatre, il invente la machine à calculer...

(Le Figaro Littéraire, 9 juin 1950.)

BERNARD FAY

John D. Rockefeller est mort. Le grand philanthrope s'est éteint hier, dans sa propriété de Floride, à l'âge de 97 ans...

Il fit travailler ses dollars à rechercher l'origine de la Bible, à réparer le palais de Versailles, à constituer un musée d'antiquités indiennes, à former une élite d'étudiants au courant des problèmes économiques internationaux, à aider les universités américaines qui voulaient hausser le niveau de l'enseignement scientifique, à empêcher les citoyens des États-Unis de boire ce qu'ils avaient envie de boire, à fournir les livres aux bibliothèques du monde entier, à construire des églises baptistes... Il a tant donné que nul ne sait ce qu'il a donné, a toujours été immense et strict comme lui-même.

Un jour, à son golf, il prit comme caddy un petit nègre qui, yeux béants, dansait d'enthousiasme à la pensée qu'il servait l'homme le plus riche du monde, et qui, durant tout l'après-midi, ne cessa de rêver au pourboire qu'il aurait à la fin de la journée. Quand la partie fut finie, John D. Rockefeller lui remit la somme exacte qui lui était due, et sur cette somme fit prélever dix sous par le maître des caddies, car le petit nègre avait perdu une balle.

(Le Figaro, l'année de la mort
du grand philanthrope.)

LA BARONNE STAFFE

Vous vous désolez d'être timide, vous sentez que le manque d'aplomb vous rend gauche et contraint, vous retire toute élégance native dont vous êtes doué, et dont on ne s'aperçoit que dans le sanctuaire de la famille.

Consolez-vous, cela passera...

Vous êtes dans la situation d'un jeune soldat qui va au feu. Une balle siffle à son oreille, il se jette en arrière ou de côté, un obus éclate... loin de lui, il courbe la tête. A la seconde bataille, il frissonne un peu moins fort. A la troisième, il tressaille à peine. Puis le voilà qui s'aguerrit, au point de plaisanter les boulets en leur ôtant son képi, et de narguer la Mort qui fauche auprès de lui. Il est crâne, il est gai, l'habitude en fait un vrai troupier.

Il en sera ainsi du jeune homme, de la jeune fille qui affrontent les feux des salons...

(Usages du monde, Règles de savoir-vivre
dans la Société Moderne.)

LA COMTESSE DE SÉGUR

... Une table rustique était couverte de livres, d'ouvrages de lingerie commune; il regarda les livres : *Imitation de Jésus-Christ, Nouveau Testament, Parfait cuisinier, Manuel des ménagères, Mémoires d'un troupier* « A la bonne heure ! Voilà des livres que j'aime à voir chez une bonne femme de ménage ! Ça donne confiance de voir un choix pareil... »

(L'Auberge de l'Ange-Gardien.)

26

UN ÉCHOTIER DES HEURES NOUVELLES

Grande fête de Noël chez un couturier à la mode. Tout le personnel est là. Il y a un magnifique sapin tout pailleté d'argent, d'or et de bougies. L'on offre des jouets aux enfants. Sur le buffet s'empilent sandwiches et gâteaux. Y aura-t-il une ruée?

Non. Les gens du petit peuple sont décents.

Tout le monde s'approche, les ouvrières s'effacent devant les chefs d'ateliers et les vendeuses devant les premières. On respecte la hiérarchie, en somme. Ce que voyant, le patron intervient :

— Laissez d'abord se placer les petites mains, crie-t-il.

Quant aux premières elles seront les dernières...

C'était une tradition bien sympathique que ces fêtes de Noël si communément offertes par les maisons de luxe à leur personnel. Elle se perd, nous dit-on, et c'est bien dommage.

— Non seulement dommage, précisait le patron qui nous parlait, mais idiot. Après une petite fête de ce genre et durant un bon mois, l'atmosphère d'une maison est assainie et le rendement des ateliers bien meilleur...

(Heures Nouvelles, 15 janvier 1946.)

ROBERT BRUYEZ DU FIGARO

... On commettrait une erreur en croyant que la « musique fonctionnelle » n'est connue qu'aux États-Unis.

En France, plusieurs firmes appliquent la méthode depuis de longs mois et le directeur de l'une d'entre elles a pu constater qu'en moins d'un an la production régulière de ses équipes, travaillant aux pièces ou à la chaîne, s'était bonifiée d'environ 5 %.

— Quels que soient le courage et l'assiduité d'un être nous dit un industriel, il ne peut travailler pendant huit heures sans avoir des fléchissements... Dans la journée, on remarque régulièrement des chutes dans l'activité humaine : le matin vers 10 ou 11 heures, quand se manifestent les premiers tiraillements de l'estomac; l'après-midi vers 15 heures, à la fin de la digestion. C'est donc principalement à ces moments-là qu'il faut jouer de la musique et en donner en plus, le lundi, le mardi, le mercredi et le vendredi selon les « doses » nécessaires...

L'expérience a démontré que, seul, le jazz produisait l'effet attendu. La musique classique ne servirait qu'à développer le sens artistique d'un personnel, mais non sa production. Mais attention : même avec un bon jazz, tous les airs de danse ne sont pas indiqués. Le tango et le slow sont à écarter. Il ne faut surtout pas diffuser un air plus lent que le paso-doble. Le fox-trot est bon, mais rien ne vaut, paraît-il, la valse viennoise!...

(Le Figaro, 4 mai 1948.)

PAUL CLAUDEL

Mes parents qui n'étaient pas riches, m'ont toujours appris à considérer le pain comme une chose sainte. Et de même l'argent dont il est coupable de faire un mauvais emploi. Pourquoi mépriserions-nous ce bon serviteur!... Toute une moitié de ma vie a été celle d'un homme d'affaires, et je dois dire que c'est avec des hommes d'affaires que je me suis toujours le mieux entendu...

Est-ce que les mots : prêt, commerce, intérêt, valeur, monnaie, ne forment pas le fond du vocabulaire mystique?...

(Le Figaro Littéraire, 10 mars 1951.)

ALEXIS CARREL

Où peut-on prier? On peut prier partout. Dans la rue, en automobile, en wagon, au bureau, à l'école, à l'usine...

Cependant, la prière ne doit pas être assimilée à la morphine. Car elle détermine, en même temps que le calme, une intégration des activités mentales, une sorte de floraison de la personnalité. Parfois l'héroïsme. Elle marque ses fidèles d'un sceau particulier. La pureté du regard, la tranquillité du maintien, la joie sereine de l'expression, la virilité de la conduite et, quand il est nécessaire, la simple acceptation de la mort du soldat ou du martyr, traduisent la présence du trésor caché au fond des organes et de l'esprit.

(La prière.)

MONSEIGNEUR SEMBEL
évêque de Dijon

... En ce qui nous concerne, nous demandons que les hosties qui servent pour la sainte messe et pour la communion soient divisées en deux, afin d'économiser une part de la farine nécessaire à leur confection...

(Juin 1945.)

MARCEL JOUHANDEAU

... On sait des peuples qui ne croient pas pouvoir donner à leurs père et mère plus digne tombeau que leur propre ventre et les chrétiens se nourrissent bien de la chair et du sang de Dieu. Quelle façon après tout plus intime de s'unir à ce qu'on aime que de le manger? Peut-être, si nous ne sommes pas demeurés anthropophages, n'est-ce que pour éviter certaines indiscrétions, certaines répugnances, certaines promiscuités, certains abus, peut-être simplement par hygiène comme on ne communie plus sous les deux espèces? Mais le cœur n'a là rien à voir ni le sacrement ni le sacré qui restent les mêmes, sans compter que ce genre de délicatesse, pour ne pas dire faiblesse, de pusillanimité, de pudeur, est tout de même ce qu'il y a de plus étranger, pour ne pas dire de plus contraire à la passion.

(La vie ou la mort d'un coq,
Le Cheval de Troie, août-septembre 1947.)

PAUL CLAUDEL

Il y a des gens qui ont le goût de la guerre, ou des voyages, ou de la peinture. Pourquoi n'y en aurait-il pas qui aient le goût des âmes suivant la parole célèbre : DA MIHI ANIMAS, CAETERA TOLLE. Qu'on me donne les âmes et prenez tout le reste, si vous voulez! C'est une chose à quoi je réfléchissais en cette messe de la Pentecôte. Comme un prêtre doit être ému quand il donne la communion et que de l'autre côté de la table sainte il voit se lever l'une après l'autre ces figures fraîches d'enfants, ou au contraire, à cette heure sans rien dissimuler! ces visages amers, ridicules [1] et pathétiques, profondément gravés et travaillés par la dure vie : ces bouches qui s'ouvrent, ces langues qui se tendent, ces yeux fermés, ces gorges qui s'offrent comme celles des sacrifiés!...

(Seigneur, apprenez-nous à prier, 1942.)

Soldats de la grande Réserve sous la terre, est-ce que vous n'entendez plus le canon?

O morts, la sentez-vous avec nous, l'odeur de votre paradis héroïque...

Ah, ma soif ne sera pas désaltérée et le pain ne sera pas bon,
Armées des vivants et des morts, jusqu'à ce que nous ayons bu ensemble dans le Rhin profond!

(Trois Poèmes de Guerre.)

LE CURÉ D'ARS

On se réunira derrière eux...

(Cité dans : Trois poèmes de Guerre,
de Paul Claudel : Derrière eux.)

LE MARÉCHAL PÉTAIN

... De tous les envois faits aux armées, au cours de la guerre, le vin était assurément le plus attendu, le plus apprécié du soldat.

Pour se procurer du « pinard » « le poilu » bravait les périls, défiait les obus, narguait les gendarmes. Le ravitaillement en vin prenait, à ses yeux, une importance presque égale à celle du ravitaillement en munition. Le vin a été, pour les combattants, le stimulant bienfaisant des forces morales comme des forces physiques. Ainsi a-t-il largement concouru, à sa manière, à la Victoire.

(Mon docteur le Vin, 27 juillet 1935.)

WALDEMAR-GEORGE

Il y a près de dix ans, exactement en 1937, on s'avisa

---

1 Ridicule : digne de risée (Littré).

que le maréchal Foch n'avait pas de statue à Paris. Aussi décida-t-on de réparer cet oubli singulier...

Le comité pria la Direction des Beaux-arts de désigner l'artiste qui serait chargé d'exécuter le monument du Généralissime. A la suite d'un concours, la commande a été passée à Wlérick et à Raymond Martin, dont le choix fut accueilli avec satisfaction par tous les connaisseurs...

Quelques mois plus tard, la guerre éclate. Le 7 mars 1943, Wlérick meurt et Raymond Martin poursuit seul les travaux...

Les membres du comité élèvent des objections contre le fait que Foch ne porte pas de képi. On leur fait observer que cette coiffure traduite en bronze est souvent disgracieuse, que l'ombre portée de la visière dissimule partiellement le visage et que le monument, tête nue, acquiert un caractère d'universalité et de pérennité que n'a pas une image plus conforme au règlement militaire. Tout le monde se met d'accord...

(Un maréchal de France peut-il, sans képi, être statufié à cheval? — Le Littéraire, 12 octobre 1946.)

UN AUTRE RÉDACTEUR DU MÊME JOURNAL

Le maréchal Lyautey, comme l'on sait, était sujet à de brusques et violentes colères...

Parmi ces colères mémorables, l'une des premières eut pour objet une contrariété d'ordre... esthétique. En 1912, nommé résident général au Maroc, et passant à Rabat, Lyautey vit que le génie militaire y construisait deux immenses casernes, dans le style le plus classique mi-collège mi-prison.

Cette offense au paysage et à l'atmosphère suscita en lui une véhémente indignation, « une de ces crises de fureur au cours desquelles il arrivait qu'il piétinât son képi — ce pourquoi l'un de ses officiers d'ordonnance tenait toujours en réserve un de ces couvre-chefs, prêt à servir ».

M. Jean Mauclère, le plus récent biographe du maréchal Lyautey, nous rapporte, entre bien d'autres, ce trait, qui peint l'homme et le rend sympathique.

(Le Figaro Littéraire, 5 mai 1951.)

PAUL CLAUDEL

... J'ai dit bien souvent l'immense reconnaissance que nous devons aux Macchabées...

(Le Figaro Littéraire, 10 mars 1951.)

UN ÉCHOTIER DES LETTRES FRANÇAISES

C'est André Rousseaux qui a ramené Paul Claudel à Paris, la semaine passée. De Brangues à Notre-Dame, la route est longue. On fit escale à Lyon. Claudel se prêta de bonne grâce à la corvée du micro dans les studios de Radio Lyon libérée. D'une diction convaincue il lança sur les ondes un petit poème républicain dont il avait caché le manuscrit dans sa cave pendant deux ans...

(30 septembre 1944.)

LE R. P. RIQUET

... Saint Jacques avait bien raison de dire en sa fameuse épître : « La langue est un bien petit membre, mais elle peut se vanter de grandes choses... »

(La parole de Dieu, réalité d'aujourd'hui, Conférences de N.-D. de Paris, 1951.)

JEAN COCTEAU

On a beaucoup parlé ces derniers temps de poésie pourrie. J'aimerais qu'on m'en citât une qui ne le fût pas. C'est d'une décomposition exquise que la poésie, qu'elle soit écrite ou peinte, qu'on la regarde ou qu'on l'écoute, compose ses accords. On pourrait la définir de la sorte : la poésie se forme à la surface d'un marécage. Que le monde ne s'en plaigne pas. Elle résulte de ses profondeurs.

Voilà de quoi je parle lorsque j'écrivais « pourriture divine ». Celle qui, du fond de l'âme humaine, cherche sa réponse dans les moires éclatantes de Dieu...

(Le Mythe du Greco, Panorama Hebdomadaire Européen, 20 janvier 1944.)

PAUL CLAUDEL

Les corbeaux seuls restent mes amis...

(Commerce, cahier 28, 1931.)

Ame Haine !

III

SA REPRÉSENTATION D'ADIEU

Le public le salue
et comme un maquillage qui tourne
sur le visage d'une trop vieille actrice
son masque placide et extatique
coule en rigoles de chaux-carton-pâte
Et le rideau théâtral de l'expression du masque se déchire
    aux mythes
laissant apparaître
le poussiéreux décor mental
planté sur les charniers d'innombrables plaies cérébrales
    maquillées en cicatrices honorables et les nerfs à vif de sa
    petite tête de nœud de vipère simulant le frétillement d'un
    regard
Mais
les petites ficelles optiques du grand sermon lacrymal
depuis déjà des millénaires
ont craqué
et l'oculaire et le binoculaire se regardent
sans rien voir
et sans rien regarder
sans même loucher

Et tous les spectateurs
assis sur leur fauteuil
dansent
en claquant des mains

et sans bouger des pieds
Et le très trop vieux acteur
pousse alors sur la scène
aidé des héritiers des auteurs des pièces depuis si longtemps
    déjà jouées
Son Fils
qui présente à nouveau son numéro
de PRESTIDIGITATEUR
Et
maigre et nu comme le fakir Tarah-Bey
vêtu d'un slip unique
il se met lui-même en croix
et se plante au beau milieu d'un décor
représentant le paysage de l'enfance
et de l'adolescence
paysage intitulé exemplairement
Paysage de l'innocence

CHŒUR DES FIGURANTS
TRANSFIGURANTS ET CONFIGURANTS

Aux innocents les mains pleines
Ils tendent les mains
on les coupe
Et nous
nous levons cette coupe
à la Gloire du Seigneur...

Le fils étant fatigué
une descente de croix a lieu
avec enthousiasme et consternation générale
Et cependant qu'on distribue dans la salle des foulards de la
    Sainte Farce que les spectateurs s'arrachent à prix d'or
un transfigurant prend la place de son Seigneur et présente
    le numéro célèbre
IMITATION DE J.-C.
Gros succès

Et

le transfigurant à tête de jeune mauvais triste fouetteur mal
   fouetté

menace d'un doigt invinciblement tremblotant

les quelques enfants amenés là par mégarde par leurs
   parents

Et si vous vous touchez les uns les autres

malgré les avertissements du Ciel et du sixième et ex aequo
   neuvième commandement

Je me crucifie encore

pour vous

à cause de vous

et contre vous

Et vous ne l'aurez pas volé

bande de mauvais garnements...

Les acclamations redoublent

Les parents applaudissent

en giflant et fessant les enfants

Le rideau se baisse

les parents remontent les enfantines culottes

raccrochent ceintures et bretelles

une sonnette se met à sonner

Grand malaise

c'est la sonnette de l'entracte de contrition

Un grand Régisseur arrive

muni d'un grand Gabre et d'un petit Soupillon

Il agite ses instruments

et tout le monde

sauf les rares enfants

est tout à coup très content

LE RÉGISSEUR

Je n'arrive ici que pour vous faire patienter et vous lire en
   attendant la suite du spectacle qui ne va pas tarder
   quelques lignes du « Catéchisme à l'usage des Diocèses de

France avec récits et exercices de réflexion » (Éditions André Tardy 15 Rue Joyeuse Bourges)
et s'inclinant
Quand on a une bonne cave il faut donner ses sources
Et il commence sa lecture accompagné d'un chœur en céleste sourdine

IVe Chapitre : Dieu existe.

Avez-vous remarqué que le soleil paraît changer de place dans la journée? A midi, il est au-dessus de nous, le soir il est couché, on dirait qu'il tourne autour de la terre.
En réalité c'est la terre qui tourne autour du soleil à une vitesse de plus de 100 000 kilomètres à l'heure, et sur elle-même en vingt-quatre heures!
Les milliards d'astres qui composent l'univers sont en perpétuel MOUVEMENT.
Ils se déplacent et se croisent ainsi depuis des siècles, à des vitesses vertigineuses; ils suivent toujours la même courbe. Tout est si bien organisé que les savants calculent, avec grande précision, la date des éclipses, c'est-à-dire, l'instant où un astre est caché par un autre.
N'avez-vous pas remarqué également avec quelle régularité les saisons se suivent?
Après l'hiver, le printemps; après le printemps, l'été; après l'été, l'automne.
L'Univers est réglé comme une horloge.
Cet univers a-t-il toujours existé?
Non, il y eut un temps où il n'y avait pas d'hommes, pas d'animaux, pas de plantes, pas de terre, pas de soleil..
Alors, qui a fait tout cela et organisé ce bel ORDRE?
Seul, quelqu'un de très INTELLIGENT et de très PUISSANT.
Comment s'appelle-t-il? Il s'appelle DIEU.

Les spectateurs qui somnolaient soudain se réveillent un peu

LES SPECTATEURS

Bravo Dieu! bravo Dieu! bravo Dieu!

Dieu apparaît encore une fois alors avec son fils et le Saint-Esprit souffleur

et en grand acteur se retire
en saluant comme un auteur
Le rideau tombe

LE RÉGISSEUR

Et maintenant Mesdames et Messieurs quelque chose de
léger Un petit opéra comique mais un peu triste par
instants avec grand orchestre symphonique et petits
couplets édifiants

L'ÉMASCULÉE CONCEPTION
ou
QUI AIME BIEN CHÂTRE BIEN

Le rideau se lève se baisse et se relève comme un jupon
cependant qu'on entend l'orchestre qui attaque
Froufrous et flons flons
Mais le spectacle est alors astucieusement et admirablement
interrompu avec toutes les affolantes apparences de la
brusquerie la plus désolante et la plus inattendue
Le régisseur entre en scène livide et affolé vêtu d'un très
sévère costume de Nietzsche assez usagé mais fort bien
coupé
Et avec la voix bouleversée d'un ordonnateur des Pompes
Funèbres qui n'aurait pas été encore atteint par l'indifférence et la déformation professionnelle...

LE RÉGISSEUR

DIEU EST MORT!

Déplorable incident... La séance est terminée...
Et pendant que les spectateurs pas tellement surpris de cette
vieille et fâcheuse nouvelle se demandent simplement si il
faut la prendre au tragique ou au sérieux la Troupe du
plus Great Circus in the world et Ailleurs démonte
rapidement les décors et s'en va sans oublier la caisse vers
d'autres régions pour donner de nouvelles représentations
Et chacun dans le cortège occupe sa place respective les

Étoiles dans leur chariot céleste les Grands Rôles dans leurs charrettes fantômes et leurs carrosses du Saint-Sacrement les Machinistes et les Transfigurants dans leurs wagons quarante hommes et chevaux en long
Et les Quatre Cavaliers de l'Apocalypse trottent triomphalement en tête avec tambours de la Dernière des guerres et trompettes du Dernier des derniers jugements derniers.

RIDEAU

LA COULEUR LOCALE

Comme il est beau ce petit paysage
Ces deux rochers ces quelques arbres
et puis l'eau et puis le rivage
comme il est beau
Très peu de bruit un peu de vent
et beaucoup d'eau
C'est un petit paysage de Bretagne
il peut tenir dans le creux de la main
quand on le regarde de loin
Mais si on s'avance
on ne voit plus rien
on se cogne sur un rocher
ou sur un arbre
on se fait mal c'est malheureux
Il y a des choses qu'on peut toucher de près
d'autres qu'il vaut mieux regarder d'assez loin
mais c'est bien joli tout de même
Et puis avec ça
le rouge des roses rouges et le bleu des bleuets
le jaune des soucis le gris des petits gris
toute cette humide et tendre petite sorcellerie
et le rire éclatant de l'oiseau paradis
et ces chinois si gais si tristes et si gentils...
Bien sûr
c'est un paysage de Bretagne
un paysage sans roses roses

sans roses rouges
un paysage gris sans petit gris
un paysage sans chinois sans oiseau paradis
Mais il me plaît ce paysage-là
et je peux bien lui faire cadeau de tout cela
Cela n'a pas d'importance n'est-ce pas
et puis peut-être que ça lui plaît
à ce paysage-là
La plus belle fille du monde
ne peut donner que ce qu'elle a
La plus belle fille du monde
je la place aussi dans ce paysage-là
et elle s'y trouve bien
elle l'aime bien
Alors il lui fait de l'ombre
et puis du soleil
dans la mesure de ses moyens
et elle reste là
et moi aussi je reste là
près de cette fille-là
A côté de nous il y a un chien avec un chat
et puis un cheval
et puis un ours brun avec un tambourin
et plusieurs animaux très simples dont j'ai oublié le nom
Il y a aussi la fête
des guirlandes des lumières des lampions
et l'ours brun tape sur son tambourin
et tout le monde danse une danse
tout le monde chante une chanson.

ÉTEIGNEZ LES LUMIÈRES

Deux hirondelles dans la lumière
au-dessus de la porte et debout dans leur nid
remuent à peine la tête
en écoutant la nuit
Et la nuit est toute blanche
Et la lune noire de monde
grouillante de sélénites
Un bonhomme de neige
affolé
frappe à la porte de cette lune
Éteignez les lumières
deux amants font l'amour
sur la place des Victoires
Éteignez les lumières
ou le monde va les voir
Je marchais au hasard
je suis tombé sur eux
elle a baissé sa jupe
il a fermé les yeux
mais ses deux yeux à elle
c'étaient deux pierres à feu

Deux hirondelles dans la lumière
au-dessus de leur porte et debout dans leur nid
remuent à peine la tête
en écoutant la nuit.

LIMEHOUSE

C'était l'été
à Limehouse
la nuit
et je me voyais double dans la glace de l'armoire à glass
c'est comme ça qu'ils appellent le frigidaire
en Angleterre
Et nous sommes sortis tous les deux
et toi qui n'étais pas là
tu étais tout de même au milieu
et une foule d'autres
étaient avec nous
des morts charmants et des vivants absents
C'était beau
Des petites filles dansaient au bord du fleuve
Pourpre et dorée
une pomme cuite glacée posée sur une table
sous un porche
éclairait toute une rue
Et il y avait des Chinois qui buvaient du thé
et moi j'en ai bu avec eux
Des forains sont arrivés
Nous avons bu de la bière ensemble
Leur singe m'a mordu la main
Les forains se sont excusés en souriant
Il y avait une fille très belle
habillée comme une reine de dans le temps

C'était beau
Les forains ont fait marcher la musique
La Tamise ressemblait au Rhône
Il y avait un remorqueur avec des chauffeurs de la Drôme
et puis Jacques l'Éventreur
avec
dans son regard idiot
la soie rouge d'un couteau
Et la Tamise ressemblait de plus en plus au Rhône
Et c'était de plus en plus beau.

LE BALAYEUR

Au bord d'un fleuve
le balayeur balaye
il s'ennuie un peu
il regarde le soleil
il est amoureux
Un couple enlacé passe
il le suit des yeux
Le couple disparaît
il s'assoit sur une grosse pierre
Mais soudain la musique
l'air du temps
qui était doux et charmant
devient grinçant
et menaçant

Apparaît alors
l'Ange gardien du balayeur
qui d'un très simple geste
lui fait honte de sa paresse
et lui conseille de reprendre le labeur

L'Ange gardien plante l'index vers le ciel
et disparaît
Le balayeur reprend son balai

Une jolie femme arrive
et s'accoude au parapet

regarde le fleuve
Elle est de dos
et très belle ainsi
Le Balayeur sans faire de bruit
s'accoude à côté d'elle
et d'une main timide et chaleureuse
la caresse   -
ou plutôt fait seulement semblant
mimant le geste de l'homme qui tout à l'heure caressait son
   amie en marchant

La femme s'en va sans le voir
Il reste seul avec son balai
et soudain constate
que l'Ange est revenu
et l'a vu
et le blâme
d'un regard douloureux
et d'un geste de plus en plus affectueux
et de plus en plus menaçant

Le balayeur reprend son balai
et balaye
L'ange gardien disparaît

Une autre femme passe
Il s'arrête de balayer
et d'un geste qui en dit long
lui parle de la pluie
et du beau temps
et de sa beauté à elle
tout particulièrement

L'Ange apparaît
La femme s'enfuit épouvantée

L'Ange une nouvelle fois
fait comprendre au balayeur

qu'il est là pour balayer
puis disparaît

Le balayeur reprend son balai
Soudain des cris
des plaintes
venant du fleuve
Sans aucun doute
les plaintes de quelqu'un qui se noie
Le balayeur abandonne son balai
Mais soudain hausse les épaules
et
indifférent aux cris venant du fleuve
continue de balayer

L'Ange gardien apparaît

Et le balayeur balaye
comme il n'a jamais balayé
Travail exemplaire et soigné

Mais l'Ange toujours l'index au ciel
remue des ailes courroucées
et fait comprendre au balayeur
que c'est très beau bien sûr
de balayer
mais que tout de même
il y a quelqu'un
qui est peut-être en train de se noyer
Et il insiste
le balayeur faisant la sourde oreille

Finalement
le balayeur enlève sa veste
puisqu'il ne peut faire autrement
Et comme c'est un très bon nageur
grimpe sur le parapet
et exécute un merveilleux « saut de l'ange »

et disparaît
Et l'ange
littéralement « aux anges »
louange le Seigneur

La musique est une musique
indéniablement céleste
Soudain
le balayeur revient
tenant dans ses bras
l'être qu'il a sauvé

C'est une fille très belle
et dévêtue

L'Ange la toise d'un mauvais œil

Le balayeur
la couche sur un banc
avec une infinie délicatesse
et la soigne
la ranime
la caresse

L'Ange intervient
et donne au balayeur
le conseil de rejeter dans le fleuve
cette « diablesse »
La « diablesse » qui reprend goût à la vie
grâce aux caresses du balayeur
se lève
et sourit

Le balayeur sourit aussi

Ils dansent tous deux

L'Ange les menace des foudres du ciel

Ils éclatent de rire
s'embrassent
et s'en vont en dansant

L'Ange gardien essuie une larme
ramasse le balai
et balaye... balaye... balaye... balaye...
in-exo-ra-ble-ment.

LA TOUR

PROLOGUE

Le Philosophe est angoissé.

Il tourne autour d'un gouffre, n'arrête pas de tourner mais hurle que, sans aucun doute, c'est le gouffre qui le suit.

LE PHILOSOPHE

Oh, mon Dieu, quel gouffre, heureusement que vous existez !

> Soudain, il trébuche et tombe dans le gouffre. Mais en tombant, se retient par les mains.

LE PHILOSOPHE

Et sans doute, vous existez sûrement, (hurlant) sûrement, vous m'entendez, comme moi je vous entends, enfin je prête l'oreille, et après tout, j'en suis certain !

(De plus en plus philosophe, comme son pedigree l'indique)

Je préfère la certitude aux calculs des probabilités.

> Il parvient à sortir de son gouffre avec une plume et du papier. Et le voilà assis par terre, soudain tout léger et la plume légère. Et le voilà écrivant, décrivant son gouffre et le racontant.
>
> Des terrassiers passent et comblent le gouffre, cependant que, pour se débarrasser de ses lancinantes pensées, le philosophe les berce en chantonnant, les endort et les couche sur le papier.
>
> On entend une musique désagréable et morne mais qui attire pourtant quelques danseurs chauves, claudicants, obèses mais fort convenablement vêtus.

LES DANSEURS

Bravo, bravo! Il a fort bien pensé, dansons à sa santé!

Leur ballet est pénible, mais solennel à souhait.
Une femme passe, les regarde et chante sur une musique plus gaie.

LA FEMME

Pauvre homme autrefois il était bien portant
Enfin il vivait
Même parfois on le voyait rire
Et quelquefois il pleurait
Il disait qu'il aimait les femmes
Et peut-être que c'était un peu vrai
Et quand l'une d'elles de temps en temps lui demandait
A quoi pensez-vous mon ami
Il répondait A rien
Et c'était un peu vrai aussi
Maintenant il s'est spécialisé dans les gouffres
Et s'il en voit un
Il pense qu'il est fait pour lui
Et très flatté
Dans sa pensée il l'agrandit
Mais il prend peur
Pour échapper à sa pensée
Qui lui fait peur
Il s'engouffre lui-même dans le gouffre
Puis
Pour échapper à ce gouffre
Il s'engouffre dans sa pensée...

Une autre femme qui passait par là chante maintenant à son tour, cependant qu'autour du philosophe, écrivant et pensant, le petit ballet de ses admirateurs poursuit son morne cours.

... Ainsi
Parfois un homme intelligent
Pour échapper à la piqûre d'une abeille

S'enfonce la tête tout entière dans la ruche
En insultant la Reine.

Et l'on voit, désigné du doigt, au loin, par la chanteuse, un homme qui danse tout seul, portant sur ses épaules un énorme visage sans vie, un visage de cire bourdonnante.

D'autres danseurs arrivent, le saluent en dansant.

LES DANSEURS

(chantant)

Comme c'est triste et exemplaire et beau à la fois
Voyez ce gentilhomme au maintien si sévère
Il s'est enfoncé soi-même la tête dans une ruche
C'est extraordinaire !

Ils se précipitent et entourent en dansant l'homme au visage de cire, cependant que les admirateurs du philosophe continuent à danser également.

LES DANSEURS

Demandons-lui ses impressions.

L'HOMME AU VISAGE DE CIRE

(dansant et bourdonnant désespérément)

J'ai le bourdon ! J'ai le bourdon !

Il disparaît, poursuivi par la dansante petite foule de ses admirateurs.

LES ADMIRATEURS

(l'accompagnant)

Bravo, bravo ! Dansons à sa santé, il a le bourdon et il l'a fait exprès !...

La première chanteuse les regardant de loin s'éloigner désigne l'homme au bourdon, et puis le philosophe recommence à chanter.

PREMIÈRE CHANTEUSE

Pauvres gens
Ils étaient quelquefois dans les nuages
Et il faisait beau là-dedans
Heureux temps
Où les idées n'étaient pas dans l'air
Heureux temps
Où l'on respirait vraiment
Ils s'arrêtaient avec ravissement
N'importe où
Devant une porte une fleur une femme un chien une
horloge ou un caillou
Ils éternuaient quand ils étaient enrhumés du cerveau
Ils souriaient quand le temps était beau
Et les voilà maintenant
Dans un joli état vraiment.

La chanteuse s'éloigne en dansant.
Soudain, le philosophe se dresse en hurlant.

LE PHILOSOPHE

J'ai le vertige!

Les gens du ballet de son entourage s'arrêtent à l'instant, et s'accrochent les uns après les autres en hurlant à leur tour.

LES DANSEURS

Et nous aussi, nous l'avons!

Ils disparaissent dansant, trébuchant, tombant, se relevant, pour s'écrouler en disparaissant.
Le philosophe, tout seul, les désigne d'un geste méprisant.

LE PHILOSOPHE

Il n'y a que moi qui ai le vertige; eux, ils font semblant!

Il ramasse son papier, sa plume et s'éloigne en sautillant péniblement.
Quelqu'un passe en dansant et l'arrête en passant.

QUELQU'UN

Où courez-vous comme ça?

LE PHILOSOPHE

A Pise!

Le rideau tombe.

PREMIER TABLEAU

Pise. La Tour. Toute droite.

Et tout autour, en musique, les portes des maisons s'entrouvrent, s'ouvrent, se ferment, les horloges sonnent, les cailloux roulent dans la poussière en dansant.

Des « petites gens » vont et viennent, reviennent et s'en retournent avec des outils, des paquets d'herbe, des matelas et des cages à oiseaux.

Et tous s'amusent ou se battent, se font du tort ou se font une raison, se courent après, se caressent, se font l'amour...

Le philosophe alors survient en faisant une très triste figure de danse et désigne d'un doigt méprisant tous ceux qui « grouillent » autour de lui.

Il s'abat sur une des marches de la Tour, sort sa plume, son encrier. Puis se relève, voyant arriver d'autres visiteurs.

Dansant pèlerinage :

l'homme à la tête de cire bourdonnante,

un cardinal obèse et souriant,

un gentilhomme portant une barbe bleue et une femme morte sur l'épaule.

Ils désignent aussi tous ensemble d'un geste unanimement compatissant et méprisant « cette foule »... qui « se laisse vivre »...

Une femme qui lavait son linge, s'adressant à une autre femme qui faisait de même et qui s'arrête, désigne les pèlerins du doigt. Et pendant que l'homme à la tête de cire de plus en plus sonore et très désagréablement bourdonnante gravit péniblement l'escalier de la Tour, suivi du gros prélat vêtu de rouge, elles bavardent toutes deux en chantant.

Imperceptiblement la Tour commence à pencher.

BAVARDAGE DES LAVANDIÈRES

Ce sont des hommes à grosse tête
qui viennent de loin
à cause de Galilée
qui est né ici paraît-il autrefois
Leur grosse tête ne tourne pas rond
ils le savent bien dans le fond
Mais comme ils sont jaloux
ils disent que la terre
elle
ne tourne pas du tout...

L'HOMME A LA TÊTE BOURDONNANTE

(qui vient de gravir les dernières marches de la Tour)

Si vraiment elle tournait
de si haut on le verrait bien.

Et, sa tête bourdonnante entre ses deux mains trem-
blantes, il s'accoude au parapet. Et cette tête est si
lourde qu'elle bascule, entraînant le corps du penseur.
Le corps et la tête tombent sur le sol. Le bourdonne-
ment cesse. Deux fossoyeurs arrivent la pelle sur l'épaule.
Leur danse n'est ni gaie ni triste. Les lavandières
continuent à chanter.

LES LAVANDIÈRES

La vie est belle quand elle est belle
Et cela lui arrive souvent...

Et le Philosophe, toujours au bas de la Tour, regarde
l'homme bourdonnant et maintenant silencieux, pour
lequel on prépare, sur le petit lopin de terre, où on
l'enterre, un petit monument. Cependant que le Cardinal
obèse et rouge de la tête aux pieds, arrive à son tour,
essoufflé, tout en haut de la Tour qui continue à pencher.

Il remercie le Ciel de voir, par lui-même, que rien
ne tourne ici-bas, sauf lui-même, qui tourne sur lui-
même, emporté par l'enthousiasme délirant de son acte
de foi, puis bascule et tombe.

Les lavandières chantent.

Le petit peuple danse. Quelques-uns se bornent à constater qu'avec maintenant cette seconde tombe qu'on creuse et ce second monument qu'on vient de poser il faut hélas reconnaître qu'il y a maintenant moins de place pour danser. Mais le philosophe se lève, abandonne son encrier et par une danse pour lui seul explicite, leur fait comprendre en s'accompagnant d'un petit chœur ventriloque qu'il ne s'agit pas de danser.

SON PETIT CHŒUR

Nous voulons des calculateurs
pour calculer
Il ne s'agit pas de danser
ni de vivre
ou de mourir
ou de pleurer
Ce qu'il faut avant tout
c'est Penser

Et le rideau tombe sur la seconde tombe qu'on achève de creuser.

DEUXIÈME TABLEAU

Pise. La Tour complètement penchée. Et tout autour de la Tour, des tombes, des monuments, des touristes, un service d'ordre et des danseurs inertes, les bras chargés de fleurs mortes.

On entend sonner des cloches, qui rappellent en plus officiel, en plus sonore encore, la musique cérébrale et bourdonnante de l'homme qui avait « le bourdon ».

Le Philosophe qui « péniblement dansait » au tableau précédent, gambade alors, mais plus péniblement encore.

LE PHILOSOPHE

(chantant)

Je vous l'avais bien dit !

LE CHŒUR DES PÈLERINS ET TOURISTES

Ça, on ne peut pas dire, il l'avait dit et redit et bien dit !

Et tout autour des tombes, leur danse funéraire et gambadante se poursuit sous la bienveillante surveillance d'un sordide service d'ordre.

LE PHILOSOPHE

Je ne vous le fais pas dire !

CHŒUR DES PÈLERINS

Non.
Mais nous le disons.
On nous l'avait bien dit.

A cet instant, des voix se font entendre. Les voix des lavandières, venant du lavoir qui soudain s'éclaire à cause du soleil.

VOIX DES LAVANDIÈRES

Qu'est-ce qu'ils disent
Qu'est-ce que ça veut dire
Qu'est-ce qu'il ne faut pas entendre dire...

CHŒUR DES PÈLERINS

(méprisants et indignés)

Nous
Nous sommes venus saluer
Tous les grands morts de la pensée.

CHŒUR DES LAVANDIÈRES

Nous
nous ne lavons pas les morts
nous lavons simplement
le linge des vivants...

Le philosophe alors, d'un grand geste délibéré, intime aux pèlerins l'ordre d'observer le plus profond silence et s'adresse aux laveuses en s'avançant vers elles, de plus en plus claudicant et trébuchant et de plus en plus sûr de lui.

LE PHILOSOPHE

(ayant autant d'aisance que s'il dansait sur deux douzaines d'œufs avec simplement pour lui seul, la moitié d'un moignon)

Silence!

A cet instant, la musique bourdonnante de cloches ancestrales s'amenuise, faisant place A UNE AUTRE MUSIQUE. Et il crie à nouveau : Silence! Mais personne, même lui-même, ne peut entendre ni pressentir le plus aigu des aperçus de son cri. Il s'écroule, inanimé mais soudain remue beaucoup. Les pèlerins se précipitent autour de lui et l'entourent, et se lamentent. La musique empêche qu'on entende la plus stridente de leurs lamentations.

Et les lavandières chantent. Et les « petites gens » reviennent et revont avec leurs outils, leurs paquets d'herbe, leurs matelas et leurs cages à oiseaux. Et tout autour de la Tour et sur les tombes et tout autour des tombes se poursuivent, se caressent, s'agressent, se consolent, se perdent, se retrouvent, dansant l'Amour.

La musique devient plus douce, plus aimable, plus belle.

On entend la voix du Philosophe au milieu de ses admirateurs.

LE PHILOSOPHE

(psalmodiant de sa voix de tête)

Autrefois
je pensais
Donc j'étais quelqu'un
Eux
seulement vivaient et dansaient
travaillaient rêvaient
riaient et souffraient

mouraient et chantaient
mais eux n'étaient rien
Moi j'étais quelqu'un.

SES ADMIRATEURS
Et maintenant

LE PHILOSOPHE
(hurlant)

Maintenant...
maintenant comme avant
je pense donc je suis.

(hurlant de plus en plus)

Je pense donc je suis
je suis malade
je vais mourir...

(hurlant de plus en plus fort)

Je pense donc je suis malade!

(levant vers le ciel un bras énergiquement débile)

Qui va me guérir?

Il retombe mort, comme on dit. Un notable prononce
sur-le-champ l'oraison funèbre.

LE NOTABLE

Il a pensé, Dieu l'a guéri!

La foule de ses admirateurs observe le comportement
de circonstance.

LA FOULE DE SES ADMIRATEURS
(en chœur)

Il pensait comme il était
Et nous qui Sommes

à son chevet
nous pensons comme il pensait...

(d'un cri unanime)

Une brouette de bronze pour l'emporter!

Deux danseurs de bonne volonté arrivent avec la brouette de bronze et l'on emporte le corps suivi du cortège des pèlerins, laudateurs, admirateurs, prédicateurs...

La musique redouble, la danse aussi.

Les tombes disparaissent sous les pas des danseurs.

La Tour redevient droite et

LE RIDEAU TOMBE

CONFÉRENCE PAR UN CONFÉRENCIER

. . . .

... Et ne craignez aucune indiscrétion de ma part

Je ne parlerai pas de vous

Je ne parlerai que de moi et je sollicite modestement beaucoup d'attention et de silence pendant cette conférence

J'ai des vestiges

Je ne suis pas quiconque

J'ai des références

Contrôleur des Toits et Masures à Saint-Nazaire Loire-Inférieure

Révoqué à Nantes

mais réembauché catholique à la Tour des Comptes de Perrault ou Perros Guirec enfin dans une région analogue

Plusieurs fois carencé en duel et désagrégé en philosophie

Plusieurs fois perdu en mer comme je le prouverai par la suite

retrouvé six pieds sous terre en parfait état de conservation

séquestré et sinistré un peu partout

orchestré à cordes à la Schola Cantorum

jeté aux chiens à Joinville-le-Pont par suite d'une erreur judiciaire

défroqué à la Foire Saint-Germain

assaisonné à Cayenne

examiné à la chaloupe par un amiral des navires

montré en exemple plusieurs fois exécutives au Salon des Arts Ménagers

et porté aux nues comme démonstrateur éclairé au Grand
Salon d'Automne des exhibitionnistes d'hiver et d'été

J'ai ici les documents que je ferai circuler dans la salle tout
à l'heure

Enlevé par une lame de fond le mardi 12 septembre 1932 ou
1912 enfin peu importe la date exacte en pareille
circonstance

La chose s'est passée à Saint-Guénolé Finistère pour préciser

Rendu à l'affection des miens une dizaine d'années plus tard
par la même lame de fond

Visité le Gulf stream dans l'intervalle

Visité Is...

(ici description de l'île : célèbre château d'Is Abbé Faria,
etc...)

Découverte de l'énergie démarrée

(ici explication du phénomène : énergie du désespoir et
forces d'inerties combinées et à la faveur desquelles j'ai
pu lutter contre le vague à l'âme qui menaçait de
m'incinérer...)

Plusieurs fois porté en triomphe dans plusieurs localités
différentes

pour actions d'éclat prouesses équestres performances nau-
tiques et ainsi de suite

(la description d'ainsi de suite fera l'objet d'une prochaine
conférence)

Prix d'excellence dans plusieurs écoles de Paris

Repris de justice dans la même ville et le même pays

Entrepreneur d'entreprises un peu partout

J'ai fermé les yeux de beaucoup de morts sur leur lit

j'ai ouvert les huîtres et fermé des portières place de la
Contrescarpe non loin du Val-de-Grâce hôpital Paris

Reconnu arbitrairement unijambiste héréditaire par la
Faculté de Saint-Médard toujours même quartier parce
qu'examiné trop vite tout enfant en jouant à la marelle
chat perché ou cloche pied

Mais

fort heureusement miraculé officiellement à Lourdes et
reconnu d'utilité pédestre et publique

contracté otite purulente et miraculeuse dans la fameuse
    piscine de la fameuse Basilique
Guéri par la suite repris nombreuses activités
Lanceur de disques à l'Université de Columbia
Marchand d'aiguilles dans même fabrique
Loueur de fenêtres à guillotine Boulevard Arago pour
    Exécutions matinales et capitales
Toujours Paris capitale aussi
Trié sur le volet vu et approuvé à Cambrai
(Ici précisions sur les Bêtises du même nom)
Montré du doigt Place de Grève par le Comité des Forges de
    Vulcain
Consulté Mythologie auditive du même auteur
Foule d'in-folio suivie de notes et d'alinéas
Tout cela appris par cœur et par votre serviteur pendant le
    temps record de vingt-huit jours
(ici explication des vingt-huit jours) :
ancienne période militaire
consulter calendrier menstruel des femmes-canons de
    l'École d'Artillerie de Fontainebleau
Fontainebleau spécialité d'Adieux historiques avec larme à
    l'œil l'arme à la bretelle et repos et convalescence à l'Ile
    d'Elbe aux frais de la Princesse voyage retour payé Water
    l'eau...
A ce propos un célèbre général [1]...

---

1. Ceci n'est qu'un très bref aperçu du résumé du début du
prolégomène de la conférence proprement dite.

LE RETOUR A LA MAISON

OU

Sauf de nombreuses exceptions qui infirment la règle plus on devient vieux plus on devient bon.

Lorsque l'intellectuel retour des Pays Chauves et de sa longue croisière en Ménauposotamie, dans les brouillards de la mémoire, retourne à ses roseaux pensants, il fait peu plaisir à sa femme qui déjà se croyait veuve depuis longtemps. Il fait pleurer son père et sa mère et les autres parents, mais fort heureusement fait rire ses enfants.

CHANSON DES ENFANTS

Papa a la grosse tête
Papa nous fait marrer
Il explique tout il comprend tout
Il est plus fort que Je sais Tout...

LE PÈRE

Silence, enfants... Votre père a fait trois fois le tour du monde des idées. Je vous intime l'ordre de vous taire et de l'écouter.

LES ENFANTS

Si on ne peut plus chanter alors...

LE PÈRE

Silence! Vous avez pris en mon absence, le monde à la légère. D'abord, répondez... afin que je puisse savoir si vous n'avez pas oublié les premières élémentaires et salutaires leçons de choses. Qu'est-ce que Dieu?

LES ENFANTS

(en chœur)

Dieu est un petit bonhomme sans queue qui fume sa pipe au coin du feu.

LE PÈRE

Oh! (puis conciliant) Vous rappelez-vous, au moins, l'un de vos premiers cantiques, parmi ceux que vous préfériez?

LES ENFANTS

(sans se faire tirer l'oreille)

La quéquette à Jésus-Christ
n'est pas plus grosse qu'une allumette
Il s'en sert pour faire pipi
Vive la quéquette à Jésus-Christ!

LE PÈRE

Ah! (il a la fureur violette).

LES ENFANTS

(pour se faire bien voir)

Mais nous nous rappelons aussi celui-ci :

Le petit Jésus s'en va-t-à l'école
En portant sa croix dessus son épaule
Quand il savait sa leçon
On lui donnait du bonbon
Une pomme douce

65

Pour mettre à sa bouche
Un bouquet de fleurs
Pour mettre sur son cœur...

REFRAIN

C'est pour vous c'est pour moi
Que Jésus est mort en croix.

LE PÈRE

A la bonne heure !

LE FILS DU GRAND RÉSEAU

Je suis né un soir où on ne m'attendait pas
Ce soir-là mon père allait en soirée
avec son huit reflets
Quand il me vit il se mit en colère

Je ne l'ai pas fait exprès
dit ma mère

Mais mon père ne voulut rien entendre
il fit de grands gestes avec les bras
et il s'en alla
avec son chapeau haut-de-forme
sur sa locomotive haut-le-pied
il s'en alla dans le pays où on l'avait prié d'aller
Quand il fut arrivé il s'assit
avec son haut-de-forme et un verre d'eau glacée sur la table
   devant lui
et une carafe
et il parla
Haut les cœurs
Haut les cœurs mes amis
qu'il dit
et beaucoup d'autres choses aussi
et tout le monde qui était là à ce qu'il paraît l'applaudit
Un peu plus tard il revint au pays
en passant par d'autres pays

et dans tous les pays où il passait

il parlait

avec son verre d'eau de forme et son chapeau glacé

et il disait

Haut les cœurs

Haut les mains

passons la monnaie...

Et tous ceux qui ne voulaient pas passer la monnaie mon
   père les écrasait avec sa grande locomotive haut-le-pied

Ce n'était pas un homme comme les autres hommes mon
   père et quand il revint beaucoup plus tard à la maison

il était devenu encore de plus en plus extrêmement riche

et très sournois

et très vieux

Mais il avait toujours son huit reflets sur la tête

et même il couchait avec

et quand il se levait c'était pour repartir vers de nouvelles
   contrées

Partout où il passait les cheminées d'usine poussaient et tout
   le monde était couvert de poussière et de poussier...

Tout le monde toussait

Ce n'était pas un homme comme les autres mon père

Les uns disaient de lui qu'il était directeur d'une grande
   compagnie de chemins de fer

et d'autres simplement ajoutaient qu'il régentait l'empire
   des Mines et le royaume des Charbonniers

D'autres ne disaient rien mais quand il passait ils ramas-
   saient des pierres

et les gardaient dans leur main

mais ils n'osaient pas les lancer

tellement ils étaient fatigués

fatigués par la poussière par le poussier

Et mon père sifflait dans son petit sifflet

et tous s'en allaient sur les rails de chemin de fer

et ils déposaient leurs pierres

et quand ils avaient déposé leurs pierres

ils allaient chercher d'autres pierres

et ils les déposaient sur la voie du chemin de fer

et la voie s'allongeait
et mon père leur payait un petit salaire
et ils restaient là
leur petit salaire dans les mains
fatigués par la poussière la misère le poussier...
Moi je me suis fait moi-même disait mon père et il souriait
Joli travail disait ma mère
et elle pleurait
Moi je ne disais rien je n'avais que cinq ans
je n'ai commencé à parler qu'à dix ans seulement

Et les jours passaient
Et puis d'un seul coup tout à coup
arriva la mauvaise saison
les mauvaises affaires
mon père vendit tous ses chemins de fer
et perdit la raison
et les huissiers emmenèrent toute la maison
avec le seau à charbon
Nous partîmes habiter un quartier éloigné
dans une maison meublée avec des insectes sur le mur qui
    grimpaient
Mais tous les jours les jours et les jours que le bon Dieu
    faisait
mon père se regardait dans la glace
avec son huit reflets sur sa tête
Et il comptait les reflets
mais il était si fatigué
qu'il n'avait que la faible force de ne compter que jusqu'à
    sept
alors il hurlait indigné
Il en manque un on m'a volé
Et il s'enfermait dans le buffet
sur lequel il avait écrit en travers et à la craie
Train spécial Compartiment réservé
et il restait là pendant des jours et saluait
Ma mère restait assise sur une chaise et pleurait
Elle est dans la salle d'attente

disait mon père... et il souriait

Un beau jour il voulut descendre du buffet en marche

mais il descendit à contre-voie

et fut écrasé par l'armoire à glace

C'est l'armoire de 21 h 30

dit mon père

et c'est ma dernière heure en même temps

Funeste erreur d'aiguillage dit ma mère en pleurant

Toujours les bonnes excuses moi je conclus au sabotage ab-
so-lu-ment

rectifia mon père en mourant

après avoir refusé de serrer la main au mécanicien

En sa qualité de président.

CAS DE CONSCIENCE

Une femme est seule en scène avec éclairages adéquats.
Dans la pénombre, un chœur de psychologues commente son cas.

LE CHŒUR

Pauvre femme adultère valétudinaire velléitaire et dépen-
    sière par-dessus le marché
Pauvre femme qui croit soudain que son mari sait tout et
    qui blêmit
comme l'eau qu'une goutte de vin en un instant rougit
Pauvre femme perdue
perdue comme une horloge
au fond d'une malle à la consigne dans une gare
et qui ne sait plus où elle en est
et qui sonne au hasard midi et demi six heures un quart
histoire de gagner un peu de temps
Et pourtant tout est simple
l'homme n'a rien deviné du tout
C'est un homme comme tant d'autres
et bête comme beaucoup
Mais il a reçu une lettre
où tout était expliqué
Et il fait maintenant de grands gestes
comme on fait au théâtre
pour gagner lui aussi un peu de temps
avant de faire ce qu'il n'a pas tellement envie de faire
mais qu'il fera

parce qu'il faut bien le faire
puisque c'est ce qui se fait en pareil cas
Et l'instant est tragique
tragique au plus haut point et extrêmement déchirant
On ne tue pas comme ça de but en blanc
la femme avec laquelle on a dormi longtemps

Et le belluaire

>   (Cette pièce de théâtre se passant dans une ménagerie.)

s'assoit sur le rebord de la caisse où sommeillent les pythons
Et il pense très simplement à un tas de choses qui n'ont
    aucun rapport avec la situation

Et sa femme le regarde
tremblante en face de lui
comme la flamme d'une bougie dans le vent de la nuit
ou tout simplement
tremblante comme une dame en hiver qui attend l'autobus
    sous la pluie
Un tatou ne cesse de tourner autour d'eux
dans la sciure mouillée
Le dompteur le suit machinalement des yeux
Pauvre Auguste
Comme d'autres voient l'avenir dans le marc de café
lui dans la sciure mouillée voit surgir son passé
Et comme les pythons déroulent leurs anneaux doucement
    dans leur caisse de bois lentement dans la tête d'Auguste
    les jours et les semaines les mois et les années déroulent
    lentement leurs souvenirs et leurs regrets...

Mais le malheureux dentiste éclate soudain en sanglots...
Et pourquoi le malheureux dentiste
malheureux encore ça se comprend
mais dentiste
on se demande vraiment
Peut-être tout simplement parce que ce qui arrive à un
    dompteur pourrait tout aussi bien arriver à un dentiste ou
    à un aviateur ou à un grand artiste

Devant l'adversité tous les hommes sont frères
Enfin
ne compliquons pas les choses à plaisir
Puisqu'il s'agit d'un dompteur
remettons le dompteur là où il était tout à l'heure
assis sur la caisse aux pythons
avec debout en face de lui
sa femme tremblante comme la flamme tremblante d'une
    bougie
ou comme une dame qui attend l'autobus sous la pluie
ou bien
comme une Méduse tremblant à marée basse
sur une plage la nuit
et qui lit dans le regard borné d'Auguste qu'elle n'a jamais
    aimé
toute la triste trame de ce qui va se passer.

LA FEMME

Cela tient du prodige il a tout deviné
Que le ciel nous protège il va m'assassiner !

Le rideau tombe et se relève sur le ciel qui l'a protégée.
Auguste ne l'assassine pas et nous apprenons le
pourquoi de cette fin heureuse et qui s'imposait, au
cours des trois actes qui suivent : un acte bref, un acte
gratuit et un acte manqué.

LE RIDEAU TOMBE DÉFINITIVEMENT

EN MÉMOIRE

Écoutant une musique neuve
et jamais entendue
une pauvre romance
un air de chien battu
chanté par une femme saoule
au beau milieu d'une rue
l'amnésique se souvient d'une veuve
que jamais il ne connut
Et puis il ajoute en rêve
des couplets à la complainte
Et celui où le mari meurt
le fait sourire
et le rassure
Et tout en chantant il s'en va
à la recherche de cette femme-là
Et il marche tout droit
sans demander son chemin à personne
Et le voilà qui entre sans frapper
dans une maison aux volets fermés
et cette maison est un Palais
Alors il est un Prince
celui que l'on attend
Et il gravit les marches de l'escalier
fastueusement
sans les compter

Puis il pousse une grande porte
Une femme est là
souriante et nue
devant la toile cirée toute neuve
où reposent les morceaux du mari découpés par sa veuve
Elle sourit en voyant l'amnésique
C'est pour toi que j'ai fait cela
embrasse-moi
embrasse-moi François
Et elle se jette dans ses bras
et François qui s'appelle Paul
ne trouve rien à redire à cela
Il est tout simplement heureux
et comme il va coucher la femme sur le divan
pour lui faire l'amour
elle se dégage et lui dit
désignant les vestiges du mari
Hélas
le dernier des morceaux n'est pas encore coupé en morceaux
    et chaque morceau de morceau est toujours un morceau
    entier
oh je crois que je ne m'en sortirai jamais
C'est un puzzle
dit l'amnésique
tu avais un mari modèle
il ne faut pas te désoler
je peux te le reconstituer
Et patiemment
morceau par morceau
l'amnésique remet les choses en place
les artères et le cœur
la couleur du regard
les mains et leur chaleur
le teint et sa pâleur
Et le mari reprend goût à la vie
et il fait à sa femme
une scène de jalousie
Mauvaise musique

dit l'amnésique
et il s'en va
comme il est arrivé
A l'improviste.

RUE DE RIVOLI

Rue de Rivoli
devant le Bazar de l'Hôtel de ville
un abominable sergent de ville
pousse une voiture d'enfant
avec un gros chien mort dedans

Et derrière eux
courent des rats des villes et des rats des champs
Ils s'en vont tous vers la Bastille
le flic sanglotant
les rats longeant les murs
et le chien se vidant

Vacances voyages divertissements

Banale tragédie d'un jour entre les jours
fait divers
petit événement
Modeste héros d'une aventure caniculaire
le flic a une tête de pauvre pomme de terre arrachée trop tôt
    à cette terre
Il a des pieds d'une tristesse infinie
La misère convenable
s'est assise sur sa face
en relevant ses jupes
et sans payer sa place

Il a un furoncle sur son énorme cou
la mort dans l'âme
et un rapport au cul
Le brigadier a couché avec sa femme
alors il a vengé son honneur à coups de pied
dans le ventre d'un clochard arrêté
comme c'est l'usage
sur la voie publique
Et le clochard est tombé borgne
Et lui le malheureux à qui pourtant on avait porté préjudice
   a été blâmé

Il en a perdu son képi
et risque d'attraper une insolation
Sa tension est forte
Un gros caillot de sang monte et redescend comme un
   ludion

Il a aussi cassé ses trois meubles
il a frappé sa femme
et éventré son chien
Et maintenant il s'en va
comme le Juif errant
Pourtant il est antisémite
il ne s'en est jamais caché
Où s'en va-t-il
Dieu seul le sait

Lui qui a créé toutes choses
et en particulier
les grandes Écoles de guerre
d'où l'on sort Officier de paix.

LE MYTHE DES SOUS'OFFS

L'ouvre-boîte de Pandore dans la main d'un gendarme
(brigadier)
Le brigadier a revêtu une tunique de Nessus
(tunique unique)
Et ses bottes de sept lieues
(pas une lieue de plus)
font mal à ses gros pieds
Passe le tombereau des Danaïdes
Le Brigadier fait du stop et les voilà partis
Paysage de montagne
Soudain ils s'arrêtent
Pas très marrant là où ils s'arrêtent
Une grosse immense pierre et six arbres bien morts
Six ifs pour préciser
L'instant est décisif
dit le sous'off
La tunique de Nessus est dévorée aux mythes
ajoute-t-il en tombant la veste
Le tombereau ne peut plus avancer
à cause du rocher
disent les Danaïdes
Et le sous'off le pousse
aidé de ces dames aisées
Vous saisissez
dit le Pandore
La boîte est de l'autre côté

il me faudrait l'ouvrir
mais un malheur est si vite arrivé
A qui le dites-vous militaire
disent les dames avides
disent les dames aisées
Et le rocher va comme je te pousse
c'est-à-dire qu'il reste là sans bouger
d'un pouce
C'est un travail de Titan
dit le gendarme en sang et en eau
A qui le dites-vous
répondent les dames
Mais c'est à vous que je le dis vous êtes sourdes
Et vous mal poli
Mais le rocher les écrase tous
et toujours sans bouger
Des fleurs poussent
et le sang qui court sous la mousse
chante mille et trois ou quatre merveilles
et raconte aux enfants rochers
une très simple histoire naturelle.

LA GUERRE

Vous déboisez
imbéciles
vous déboisez
Tous les jeunes arbres avec la vieille hache
vous les enlevez
Vous déboisez
imbéciles
vous déboisez
Et les vieux arbres avec leurs vieilles racines
leurs vieux dentiers
vous les gardez
Et vous accrochez une pancarte
Arbres du bien et du mal
Arbres de la Victoire
Arbres de la Liberté
Et la forêt déserte pue le vieux bois crevé
et les oiseaux s'en vont
et vous restez là à chanter
Vous restez là
imbéciles
à chanter et à défiler.

BRANLE-BAS DE COMBAT

PREMIÈRE BOBINE

C'est la nuit...

... Nous sommes à bord du « France d'abord à bâbord et à tribord après vous je vous en prie », une des plus belles unités de la marine de l'État.

Couchés dans leurs hamacs et bercés par le roulis, les braves petits cols bleus rêvent à leur pauvre mère et à leur cher vieux père. Ceux qui rêvent à leur père murmurent tout doucement Papa. Ceux qui rêvent à leur mère murmurent tout doucement Maman. Ceux qui sont orphelins, fils indignes, mauvais sujets ou pupilles de l'Assistance publique se taisent et ne rêvent pas.

Sur le pont, derrière la grosse tourelle numéro trois, il y a une femme très belle qui fait les cent pas. Elle est vêtue d'une admirable robe de soirée et tient à la main une tasse à thé.

L'amiral arrive avec la théière et le sucrier. Il est en grande tenue et il marche sur la pointe des pieds. Il s'approche de la jeune femme, et sans dire un mot, la regarde et, sans dire un mot, la jeune femme regarde aussi l'amiral.

Long silence.

Long silence pendant lequel on entend divers bruits : cris d'oiseaux de mer (mouettes et goélands), clapotis de vagues et claquements de drapeaux secoués par le vent.

L'amiral se décide à rompre le long silence.

L'AMIRAL

Combien de morceaux de sucre, Marie-Thérèse?

MARIE-THÉRÈSE

(c'est la jeune femme)

Hélas!

L'AMIRAL

Je m'en doutais!

Il s'approche de la jeune femme, la saisit par le poignet avec une grande délicatesse et, la plaçant en pleine lumière, se recule pour juger de l'effet... Soudain, il pousse un cri terrible et jette par-dessus bord la théière et le sucrier.

L'AMIRAL

(douloureusement pathétique)

Oh! C'est affreux... C'est impossible... Je rêve...

(Il se pince le bras avec la pince à sucre.)

Mais non, je ne rêve pas, c'est la triste, la triste vérité... Marie-Thérèse, vous êtes...

MARIE-THÉRÈSE

Hélas!

L'AMIRAL

(étouffant un sanglot)

Et moi qui... Et moi qui... Et moi qui...

MARIE-THÉRÈSE

(très triste)

Et vous qui, quoi, mon ami?

L'AMIRAL

Et moi qui vous avais placée si haut dans mon estime!

MARIE-THÉRÈSE

Hélas!

> Alors l'amiral s'approche d'elle et lui parle très bas, à l'oreille... A l'expression tourmentée de son visage expressif et tourmenté, on comprend très nettement qu'il lui dit : « Marie-Thérèse, je veux savoir qui est le père... »
> Et Marie-Thérèse, tournant alternativement et lentement la tête à droite et à gauche, plusieurs fois, on comprend qu'elle refuse de répondre.
> Alors l'amiral, oubliant les plus élémentaires notions de la galanterie française, s'oublie jusqu'à tordre les poignets de la malheureuse Marie-Thérèse.

L'AMIRAL

Répondez, Madame, répondez...

MARIE-THÉRÈSE

(avec une grande expression de désespoir strictement mondain)

C'est votre fils, mon ami!

> L'amiral est alors rempli d'une joie débordante.

L'AMIRAL

Mon fils... Et moi qui... Et moi qui...

MARIE-THÉRÈSE

(étonnée)

Et vous qui, quoi, mon ami?

L'AMIRAL

Et moi qui vous brutalisais... Ah! fou que j'étais!

> Il arpente le pont en faisant le geste de bercer un enfant. Et Marie-Thérèse le regarde en hochant la tête tristement.

L'AMIRAL

(amusant le « bébé » avec la pince à sucre)

Mon fils... kili kili... Où est-il son petit papa... Coucou... C'est l'amiral... Il est là... Le voilà... kili kili... Garde à vous... Au drapeau... (il crie) Tout le monde sur le pont pour voir mon petit fiston...

Mais soudain sa joie se fige.

L'AMIRAL

(avec une expression d'inquiétude subite)

Mais comment pouvez-vous savoir, Marie-Thérèse, si c'est un garçon ou une fille?

MARIE-THÉRÈSE

(douloureusement cornélienne mais avec beaucoup de tenue)

Hélas, mon ami... Quand, tout à l'heure, je vous ai dit : c'est votre fils, hélas, j'ai voulu dire : c'est votre fils le père.

L'AMIRAL

(dont l'angoisse grandit à vue d'œil)

Stanislas?

MARIE-THÉRÈSE

Hélas!

L'AMIRAL

Mon propre fils!

Il s'écroule sur le banc de quart et reste environ dix minutes la tête entre ses mains... Les dix minutes écoulées, il relève la tête : on s'aperçoit alors qu'il a vieilli de dix ans.

À cet instant, de derrière la tourelle numéro trois, surgit un lieutenant de vaisseau, fort beau garçon, mais aux traits visiblement crispés par la jalousie.

MARIE-THÉRÈSE
(affolée)

Stanislas!

STANISLAS

Vous ici, Marie-Thérèse, en pleine nuit, avec mon père!

MARIE-THÉRÈSE

Hélas!

L'AMIRAL
(avec un grand geste de découragement)

Hélas! Hélas! Évidemment!...

> Stanislas, alors, s'approche de Marie-Thérèse et oubliant, lui aussi, les plus élémentaires notions de galanterie française, s'oublie jusqu'à lui tordre les poignets.

L'AMIRAL
(hochant la tête et parlant entre ses dents)

Tel père tel fils, tel fils tel petit-fils, et ainsi de suite, la vie continue... (il lève les yeux au ciel et deux grosses larmes coulent sur ses joues). La vie est une immense farce et nous sommes les pantins dont Dieu tire les ficelles!...

> Stanislas secoue de plus en plus fort Marie-Thérèse.

STANISLAS

Répondez... Marie-Thérèse! Répondez!...

MARIE-THÉRÈSE

Vous me faites mal, Stanislas!...

STANISLAS

(sans l'écouter et en proie à une fureur grandissante)

Répondez... Qu'est-ce que vous attendez pour me répondre, Marie-Thérèse, qu'est-ce que vous attendez?...

MARIE-THÉRÈSE

(secouée, bouleversée, ulcérée, mais avec une grande dignité)

J'attends un bébé!

Stanislas laisse les bras de Marie-Thérèse et se jette sur son père.

STANISLAS

Misérable!

Il lève la main sur son père.

L'AMIRAL

(très digne, très calme)

Est-ce à l'amiral que vous parlez, lieutenant, ou est-ce à ton père que tu parles, Stanislas?

STANISLAS

(les dents serrées)

Je parle au misérable père de celui ou de celle qui aurait dû être mon enfant.

L'AMIRAL

(douloureusement lucide)

Imbécile!

STANISLAS

Ah! sois poli, papa!

Il le frappe au visage.

L'AMIRAL

(hors de lui)

Ah! ça, par exemple! L'amiral n'est pas méchant mais quand on l'attaque il se défend... (Il saisit Stanislas à la gorge.)

MARIE-THÉRÈSE

Vous n'allez pas vous battre comme des chiffonniers.

L'AMIRAL

(lâchant le lieutenant)

C'est juste. (Il se rajuste).

> Stanislas regarde alors son père et la discipline et la piété filiale reprennent le dessus.

STANISLAS

Pardon, papa... Excusez, mon amiral...

> L'amiral sourit alors avec une grande bonté.
> Il ouvre les bras et Stanislas se jette dedans.

L'AMIRAL

Mon petit gars, mon petit fiston... Je te donne ma parole d'honneur que c'est toi le père...

> A cet instant, Marie-Thérèse pousse un éclat de rire strident.

MARIE-THÉRÈSE

Excusez-moi, c'est nerveux.

L'AMIRAL

(attirant son fils près de lui et lui parlant à l'oreille)

Prends bien soin d'elle, mon petit... La grossesse nerveuse, c'est mauvais. (Puis, avec un étrange sourire).
Bonsoir, bonne nuit, je vais me coucher.

> Il fait quelques pas... Et, dans son regard, on peut lire qu'il vient de prendre une décision tragique.

STANISLAS

(à Marie-Thérèse, avec une grande expression d'inquiétude)

Je suis inquiet.

L'AMIRAL

Je ne veux pas être un obstacle à votre bonheur. Adieu, vivez en paix, croissez et multipliez-vous.

> Il enjambe le bastingage et se jette à la mer.

L'AMIRAL

(en tombant)

Vive la France!

STANISLAS

(se précipitant)

Papa! Amiral! Papa! Amiral! Papa! Amiral!...

> Puis il a exactement l'expression de l'homme qui va hurler : « Un homme à la mer! »... Mais, de derrière la grosse tourelle numéro trois, surgit un marin au regard fuyant...
>
> Il tient à la main une matraque. Il la lève, il la baisse et Stanislas s'écroule.
>
> Le marin s'approche alors de Marie-Thérèse et commence avec elle une très longue conversation en allemand.
>
> En haut, dans la cabine de la radio, le radiotélégraphiste reçoit un message bouleversant. Il se dresse, met la main à son cœur, se rassoit...

LE RADIOTÉLÉGRAPHISTE

La Guerre!!!

(Fin de la 1re bobine)

DEUXIÈME BOBINE

Dans l'ombre, soutenu par Marie-Thérèse, Stanislas reprend peu à peu connaissance. Marie-Thérèse le regarde et son regard est douloureux et énigmatique en même temps.

STANISLAS
(l'œil hagard)

Où suis-je... Qui suis-je... D'où viens-je... Où allons-nous... Comment allons-nous... Merci beaucoup et vous-même?...

MARIE-THÉRÈSE
(l'interrompant avec une extrême douceur)

Calmez-vous, mon ami, vous avez la fièvre...

STANISLAS

La fièvre! (sentant le brouillard se dissiper) Ah! je me rappelle... Marie-Thérèse... On m'a frappé lâchement dans le dos, sur la tête...

MARIE-THÉRÈSE

Calmez-vous...

STANISLAS
(éclatant en sanglots)

Oh! Je me rappelle... C'était affreux... Mon pauvre fils s'est jeté à la mer...

MARIE-THÉRÈSE
(de plus en plus inquiète)

!!!

STANISLAS

... Il s'est tué, mon pauvre Stanislas, et me voilà orphelin, maintenant. Et pourtant, c'est peut-être sans doute lui le véritable père de votre petit enfant!

MARIE-THÉRÈSE

(le secouant)

Oh! mon ami, ce n'est pas possible. Auriez-vous perdu la raison?

STANISLAS

(avec un bon sourire)

La tête de l'amiral est solide... (il se touche la tête).
Une vraie tête de Breton... Et pourtant, je suis né à Limoges... Sous-préfecture Tasse-à-Thé... petite soucoupe... petite cuiller... (Soudain, il recommence à pleurer) Stanislas, Stanislas, mon pauvre petit fiston!

MARIE-THÉRÈSE

(haletante et bouleversée)

Protégez-nous, mon Dieu!

> Soudain, on entend plusieurs bruits... Une sirène. Une sonnerie de clairon. Quelques roulements de tambour et trois coups de canon.

STANISLAS

Que se passe-t-il?

MARIE-THÉRÈSE

Je ne sais pas!

STANISLAS

Moi non plus!

MARIE-THÉRÈSE

Hélas!

> A cet instant, l'aumônier du bord traverse le pont. Il a un bidon en bandoulière et un béret au pompon rouge délicatement posé sur l'oreille.

L'AUMONIER

(titubant légèrement)

Quand Madelon
Vient nous servir à boire
Sous la tonnelle
On frôle son jupon...

STANISLAS

(surpris)

Qui est cette dame?

MARIE-THÉRÈSE

Mais c'est le père Ratonnet, l'aumônier du bord, voyons!

STANISLAS

Ah oui! (Il rit). On dirait qu'il a bu.

MARIE-THÉRÈSE

(choquée)

Oh! Quelle horreur! (Elle se signe).

STANISLAS

(subitement jaloux et lui tordant le poignet)

Pourquoi lui faites-vous signe?

MARIE-THÉRÈSE

Mais, je ne lui fais pas signe. Je fais le signe de la croix.

STANISLAS

Excusez-moi.

> L'aumônier s'approche et s'incline devant Marie-Thérèse.

92

L'AUMONIER

Madame...

MARIE-THÉRÈSE

Qu'y a-t-il, mon père?

L'AUMONIER
(avec un bon sourire)

La guerre, Madame... La guerre.

Il s'éloigne en fredonnant.

L'AUMONIER

Quand Madelon, etc...

STANISLAS
(réalisant peu à peu la situation)

La guerre...

MARIE-THÉRÈSE

Hélas!

STANISLAS

La guerre... Sacré nom de Dieu, la guerre! (Il hurle) : A mon commandement... Tout le monde sur le pont... Branle-bas de combat naval... Nettoyez vos pompons... Astiquez les torpilles et graissez les canons... Et ran et ran petit patapan... Pas plus tard que dans cinq minutes, revue de courroies de bidons!

MARIE-THÉRÈSE

Oh! calmez-vous! Vous êtes malade, très souffrant, et je suis certaine que si l'on prenait votre température...

STANISLAS
(éclatant)

Ma température! Prendre ma température! Qu'ils y viennent s'ils l'osent!...

MARIE-THÉRÈSE
(suppliante)

Mon ami!

STANISLAS

Oh je sais ce que vous allez me dire, Marie-Thérèse... Les Japonais ont pris Port-Arthur... Je sais... Mais il est une chose que je puis affirmer : c'est que jamais, jamais ils ne prendront la température de l'amiral Grattier du Tendon!

MARIE-THÉRÈSE
(profondément bouleversée)

Vous êtes fou, mon ami, mais vous êtes sublime. (Elle tombe dans ses bras).

STANISLAS

Marie-Thérèse... (Puis, avec un petit soupir de regret) :
Excusez-moi, Marie-Thérèse, mais je dois rejoindre ma cabine et revêtir ma tenue de guerre... Casquette plate, guêtres molles et monocle bleu horizon!

Il claque des talons et s'éloigne.

. . . .

Le marin au regard fuyant surgit de derrière la tourelle, s'approche de Marie-Thérèse et, à voix basse et en allemand, ils reprennent leur mystérieuse conversation.
Au loin, l'escadre ennemie avance.
Au-dessus de l'escadre ennemie, des hydravions.
Au-dessous, des sous-marins.
A bord du « France d'abord à bâbord et à tribord après vous je vous en prie » règne une grande animation :

atmosphère de saine et joyeuse gravité. Le Père Raton-net, le vénérable aumônier du bord, s'entretient avec le commandant Pont-Arrière : vraie figure de loup de mer, esclave du devoir, mais bon vivant comme pas un.

LE PÈRE RATONNET

Eh oui, la guerre a ses bons et ses mauvais côtés. Mais ce sont ses bons côtés qui sont les meilleurs...

LE COMMANDANT PONT-ARRIÈRE

Ah oui, à la guerre comme à la guerre, comme on dit... (gros rire gaulois et bon enfant).

LE PÈRE RATONNET

Vous l'avez dit. Tenez, regardez donc l'amiral du Tendon : il a rajeuni de vingt ans !

Le Commandant Pont-Arrière regarde dans la direction indiquée par le Père Ratonnet.

En grande tenue, Stanislas (que tout le monde prend pour l'amiral, étant donné les exigences du scénario et la ressemblance entre lui et son père) arpente le pont. Un officier s'approche.

L'OFFICIER

Vous cherchez quelqu'un, amiral ?

L'AMIRAL

(très triste)

Je cherche mon fils !

A cet instant, un coup de canon.

L'AMIRAL

Qu'est-ce que c'est ?

L'OFFICIER

C'est l'escadre ennemie, sans doute.

L'AMIRAL

Bien, je vais donner des ordres et le combat naval va commencer... Au drapeau! Hissez les trois couleurs!

> Tout le monde regarde en l'air, le petit doigt sur la couture du pantalon.
> Un marin hisse les trois couleurs... Mais, soudain tout le monde blêmit.

L'AMIRAL

(alias Stanislas, regardant les trois couleurs)

Il en manque une!... Nous sommes trahis!... Et ils ont laissé le rouge pour nous porter malheur!

THÉOLOGALES

I
LA FOI

Le presbytère.
L'abbé, qui s'apprête à sortir, fait machinalement sa prière.

L'ABBÉ

Je crois en Dieu le père tout-puissant, et en Jésus-Christ son... (Il s'interrompt et appelle) Marie!

Marie entre.

L'ABBÉ

Mon parapluie, Marie. Je vais au catéchisme, et je crois qu'il va pleuvoir.

MARIE

Vous croyez, monsieur l'abbé?

L'ABBÉ

Oui, je crois.

Il prend le parapluie, mais, avant de franchir le seuil, il s'arrête un instant, examinant le temps.

L'ABBÉ

(Entre ses dents) Tss... Tss... (hochant la tête) Je crois en Dieu... Je crois qu'il va pleuvoir... C'est agaçant... Tss... Tss... Le même mot pour affirmer la certitude, le même mot pour exprimer le doute... Tss... Tss...

(Et avec un profond soupir)

Enfin... Heureusement qu'il y a la foi du charbonnier. Il n'y a que cela qui sauve, la foi du charbonnier!

Il sort. Le charbonnier entre.

LE CHARBONNIER

Bonjour, Marie!

MARIE

Bonjour, charbonnier! Est-ce que vous croyez qu'il va faire beau aujourd'hui!

LE CHARBONNIER

Ça, ma foi!

Il s'approche de Marie, la déshabille, et l'entraîne vers le lit.

MARIE

Oh! charbonnier!

LE CHARBONNIER

Vraiment, Marie, vous êtes la plus jolie fille du pays.

MARIE

(ravie)

Vous croyez, charbonnier?

LE CHARBONNIER

J'en mettrais ma main au feu !

> Et il le fait, comme il le dit.

II

L'ESPÉRANCE

Au catéchisme.

L'ABBÉ

(s'adressant à de tout petits enfants)

« Le sixième et le neuvième commandements de Dieu nous défendent les plaisirs charnels illégitimes et tout ce qui porte à l'impureté : pensées, désirs, regards, lectures, paroles ou actions » (péchés mortels comme je le précisais précisément).

> (Hochant la tête et souriant débonnairement)

Et si vous mourez en état de péché mortel, vous irez en enfer. Et vous endurerez avec les démons des supplices qui ne finiront jamais !...

III

LA CHARITÉ

Le parvis de l'église.
L'abbé, sortant du catéchisme, aperçoit un mendiant. Il s'approche.

L'ABBÉ

Comment, vous tendez la main, mon pauvre ami !

LE MENDIANT

Hélas !

L'ABBÉ

Comme c'est triste, vous n'avez même pas de chapeau pour mendier!

LE MENDIANT

Hélas!

L'ABBÉ

Tenez, mon ami!

> Il déchire son chapeau en deux et en donne la moitié au miséreux.

LE MENDIANT

Merci, monsieur l'abbé!

> On entend alors des trompettes célestes et l'été de la Saint-Martin éclate sur la paroisse dans toute sa miraculeuse splendeur.

L'ABBÉ

Quelle chaleur!

> Il poursuit son chemin et soudain s'écroule sur le pavé.

UNE VIEILLE DAME
(se précipitant)

Au secours! Monsieur l'abbé tombe d'insolation!

L'ABBÉ
(la rassurant avec un bon sourire)

Non, c'est sans gravité, une demi-insolation fort heureusement... Un demi-chapeau, une demi-insolation, tout est parfait. Dieu fait bien ce qu'il fait!

LA VIEILLE DAME

Mais c'est un miracle!

L'ABBÉ

(modeste)

Un demi-miracle... Mais c'est déjà beaucoup dans notre époque de légèreté et d'impiété!

IV

RIDEAU

POUR RIRE EN SOCIÉTÉ

Le dompteur a mis sa tête
dans la gueule du lion
moi
j'ai mis seulement deux doigts
dans le gosier du Beau Monde
Et il n'a pas eu le temps
de me mordre
Tout simplement
il a vomi en hurlant
un peu de cette bile d'or
à laquelle il tient tant
Pour réussir ce tour
utile et amusant
Se laver les doigts
soigneusement
dans une pinte de bon sang
Chacun son cirque.

LE FIL DE LA SOIE

Plusieurs millénaires avant Jésus-Christ
les Chinois réduisirent les Vers à Soie en esclavage
Qui oserait leur jeter la pierre
Personne n'a jeté la pierre aux Australiens quand ces
    derniers envahis par les lapins intensifièrent la fabrication
    du chapeau de feutre mou garanti Castor d'origine
En ce temps-là
en Chine
la prolifération du bombyx était pour les Chinois
quelque chose d'aussi inquiétant
que de nos jours un peu partout
la vulgarisation de la bombe atomique
Il fallait prendre une décision
ou bien la terre entière
tombait sous la domination des Lépidoptères
Et la victoire des Papillons
c'était déjà le commencement de la fin pour nos civilisations
    et militarisations
Sans cette sage décision
nous n'aurions pas connu la soie artificielle
et le fulmi coton
la fermeture éclair le cinéma parlant
ni lu l'Apocalypse ni l'Ancien Testament
ni vu Saint-Pierre de Rome ni vu la Tour Eiffel
ni connu par ouï-dire la Tour de Babel
ni subi les grandes opérations césariennes

ni visité les grandes expositions universelles
Et c'est pour cela
qu'il devrait y avoir quelque part
dans un monde qui se respecte
un monument élevé au modeste fils du ciel
qui un cocon dans une poche
et dans l'autre une feuille de mûrier blanc
traversa toute la Chine et puis toutes les Indes
et puis toute l'Italie
et puis la France aussi
en dévidant le premier fil de la soie
émerveillant tout le long du chemin
les véritables filles de la joie
Ça les changeait un peu des tristes fils de la Vierge
tissés soir tantôt et matin
par les grandes araignées du chagrin
Et ce fut ce modeste colporteur
qui traça avec son fil
le plan de la rue Olivier-de-Serres
où se perfectionna la Sériciculture
et puis tout le plan des coulisses de la mode à Paris
c'est-à-dire les ateliers de la rue de la Paix
qui comme son nom ne l'indique guère
donne sur la Place Vendôme
où de nos jours encore
tout en haut d'une colonne
on distingue pour peu qu'on y prête attention
une statue de Napoléon
Il est vrai qu'en compensation
la rue de la Paix prend sa source à l'Opéra
Et c'est de là que vient la musique
qui accompagne silencieusement
le ballet des petites mains se déroulant inlassablement sur le
    fil de soie qui se déroule inlassablement lui aussi depuis
    les temps anciens où sur la grande muraille de Chine les
    hirondelles faisaient innocemment et comestiblement leur
    nid
Et le ballet de ces petites mains

est aussi beau que le ballet des petits pains
dans le film de Charlie Chaplin
Mais parfois
le ballet des petites mains s'arrête
et c'est encore une fois
comme dans la Ruée vers l'Or
la danse de la faim
Et c'est encore une fois
l'aiguille du strict nécessaire
perdue dans la parcimonieuse botte de foin des salaires
Et l'on peut voir dans les grands hebdomadaires
le portrait d'une jolie fille
assise sur une marche d'escalier
devant l'entrée des artistes des ateliers
La lucide rigueur de la nécessité
l'a mise au piquet de grève
mais dans son regard enfantin et grave
des oiseaux et des fleurs continuent à chanter
Cependant
qu'à l'intérieur
assises à la table du travail
à la place d'honneur
de spacieuses et fastueuses vicomtesses
dont l'élégance souveraine le dispute à une très discrète
    obésité
se font gracieusement photographier le fil dans l'aiguille
    l'aiguille en main et le doigt sur l'ourlet
comme des fées du meilleur monde
levant leur baguette magique
et donnant le coup de grâce
à cette grève maléfique
Et de mauvais aloi.

EN FAMILLE

La mère est seule dans la maison. Le fils entre. Il est jeune, pâle, fébrile, échevelé. Il va se jeter contre le mur.

LE FILS

Ferme la porte, mère, vite, je t'en prie!

La mère, hochant la tête, ferme la porte avec un profond soupir.

LA MÈRE

(poussant le verrou et poussant en même temps un profond soupir comme son enfant)

Le verrou... Voilà! (Examinant son fils) Voyez-vous ça, il entre en coup de vent et il crie, et il tremble de tous ses membres.

LE FILS

Oh! Mère, si tu savais...

LA MÈRE

Je ne sais pas mais je m'en doute... (avec un bon sourire) Tu as encore fait des bêtises!

LE FILS

Hélas!

LA MÈRE

Et pourquoi cette fièvre, et ce regard inquiet, et qu'est-ce que tu caches sous ton bras?

LE FILS

C'est la tête de mon frère, mère.

LA MÈRE
(surprise)

La tête de ton frère!

LE FILS

Je l'ai tué, mère!

LA MÈRE

Était-ce bien nécessaire?

LE FILS
(faisant un geste lamentable avec ses bras)

Il était plus intelligent que moi.

LA MÈRE

Pardonne-moi, mon fils, je t'ai fait comme j'ai pu... je t'ai fait de mon mieux... Mais qu'est-ce que tu veux, ton père, hélas, n'était pas très malin lui non plus! (avec à nouveau un bon sourire) Allez, donne-moi cette tête, je vais la cacher... (souriante) C'est pas la peine que les voisins soient au courant. Avec leur malveillance ils seraient capables d'insinuer un tas de choses... (Elle examine la tête.)

LE FILS
(angoissé)

Ne la regarde pas, mère!

LA MÈRE

(sévère, mais enjouée)

Manquerait plus que ça, que je ne regarde pas la tête de mon aîné une dernière fois!... (puis tendrement) Évidemment, tu es mon préféré, mais tout de même, n'exagérons rien, « on connaît son devoir! » (Examinant à nouveau la tête) Et voyez-vous ça, petit garnement. Non seulement il tue son frère, mais il ne prend pas même la peine de lui fermer les yeux! (Elle fait la chose.) Ah! ces enfants, tout de même! (souriante) Si je n'étais pas là! (Réfléchissant) Je pense que dans le cellier derrière la plus grosse pierre...

LE FILS

(inquiet)

Dans le cellier, mère, tu ne crains pas vraiment que... vraiment...

LA MÈRE

(désinvolte)

Rien à craindre : c'est là où, déjà, j'ai mis la tête de ton père quand je l'ai tué, il y a vingt-cinq ans.

LE FILS

!!!

LA MÈRE

Eh oui, j'étais jeune, amoureuse, j'étais folle; j'aimais rire, danser... (elle sourit) Ah! jeunesse, folies et billevesées!... (elle va sortir) Je reviens tout de suite... N'oublie pas de mettre le couvert.

LE FILS

Bien, mère.

LA MÈRE

(se retournant sur le pas de la porte)

Et le corps? Fils, qu'est-ce que tu as fait du corps?

LE FILS

(après une légère hésitation)

Le corps? Il court encore...

LA MÈRE

Ah! jeunesse! Tous les mêmes... toujours dehors à galoper, gambadant par monts et par vaux...

> Elle sort. Le fils reste seul et commence à mettre le couvert. Soudain on frappe.

LE FILS

???

> On frappe à nouveau.

LE FILS

(inquiet)

Qui est là? (aucune réponse, mais à nouveau des coups frappés) Qui est là? (Les coups redoublent mais aucune réponse ne se fait entendre) Quelqu'un frappe, je questionne, et personne ne me répond... Mais une force invincible me pousse à tirer le verrou...

> Il s'avance, tire le verrou et recule, épouvanté. Le corps entre. C'est le corps sans tête d'un jeune homme qui a beaucoup couru et qui est tout essoufflé. Le fils sans rien dire, mais très embêté, regarde le corps de son frère qui va et vient dans la pièce, visiblement très décontenancé.

LE FILS

Assieds-toi... (il avance une chaise que l'autre évidemment ne voit pas) Évidemment... (Profond soupir.)

LA MÈRE

(entrant, alerte et réjouie)

Ça y est... la chose est faite... (Soudain elle aperçoit, qui va et vient, son fils sans tête.) Ah! te voilà, toi! Eh bien tu es joli! (tout en parlant, elle pose sur la table les assiettes du repas) A-t-on idée vraiment de se mettre dans des états pareils! Et tout essoufflé avec ça. Allez... (elle le prend par le bras affectueusement) A table, et mange ta soupe... (à son autre fils) Et toi aussi, (et affectueuse et compréhensive) Et puis, hein, j'espère que vous n'allez pas encore vous disputer? Allez, donnez-vous la main et faites la paix...

LE FILS

Mais, mère!

LA MÈRE

Tu m'entends, oui?

LE FILS

(soumis)

Oui, mère.

　　　Il prend doucement la main de son frère sans tête et la secoue.

Ne m'en veux pas... J'ai agi dans un moment de colère...

LA MÈRE

A la bonne heure. (Regardant ses enfants avec une immense tendresse) Mais c'est pas tout ça, ta soupe va refroidir...

LE FILS

(commençant à manger sa soupe s'arrête soudain, l'appétit coupé)

Mais mère!... (désignant son frère sans tête) Il ne pourra pas, lui, la manger... (il sanglote) sa soupe!...

LA MÈRE

(éclatant)

Manquerait plus que ça! (puis avec un bon sourire) Va chercher l'entonnoir...

LE FILS

L'entonnoir, mère?...

LA MÈRE

Bien sûr, grosse bête... (elle fait le geste de verser la soupe au-dessus de la « tête » du corps de son fils sans tête.) Voyons, tout de même, c'est pas sorcier... (hochant douloureusement la tête) Vraiment, on a beau être patient, il y a véritablement des moments... (hochant de plus en plus douloureusement la tête) où je me demande ce que j'ai fait au bon Dieu pour avoir des enfants pareils!...

RIDEAU

FASTES

Des amants isobares
offrent un pot de cataire
à un greffier persan
couché sur un paddock de roses
c'est du cousu main
c'est du précieux
c'est du bouleversant
Rien à dire
Et le gloseur a beau bonnir
des salades à n'en plus finir
la chose est comme ailée
Moi je l'ai dur pour toi
c'est un fait
une chose qui est comme ça
tout est au poil
tout est réglé
Tu es ma saisonnière
je suis ton saisonnier
Et le temps est au beau
et le vin est au frais
et la langue est au chat
le chat à la souris
et la souris c'est toi
et ma langue est à moi

Et rien n'est à César
et tout est à l'amour
ou à mourir de rire
c'est à choisir.

SIGNES

Dans ces ruines nul vestige de meubles de pierres de bêtes nulle trace de souvenir du vent ni feuilles mortes ni eaux mortes pas le plus petit débris de lampe à pétrole de lampe à souder point de fil électrique arraché point de lanternes ni de lampions point de suspension. Dans ces ruines on n'entendait aucun souffle aucun bruit aucun soupir point d'appel point de supplication point d'interrogation point d'exclamation. Il y avait seulement un petit maçon avec un petit accent tantôt aigu tantôt grave et cela faisait une petite musique circonflexe et c'était aussi le toit de sa maison.

L'ENFANT ABANDONNÉ

A peine vient-il de naître qu'autour de lui s'empressent, tout comme autour d'un mort, les Messieurs-dames de la famille et même des voisins, quelques amis venus de loin.

Et tous, de jouer sans s'en douter, l'absurde et singulière et menaçante parodie de la très ancienne comédie des fées autour du berceau.

Couchée, livide, la mère demande l'enfant, elle le palpe en pleurant, elle le retourne en riant, elle le vérifie.

Tout le monde donne son avis sur cette petite bête toute neuve et toute rouge et c'est un mélange de souhaits aimablement odieux, de mornes plaisanteries et de prédictions cocasses.

Nu, seul et sale au milieu de ces gens vêtus d'alpaga et couverts de chaînes de montre, l'enfant se débat comme un petit fou qui déjà sentirait venir l'heure de la douche et il hurle à la vie comme un petit chien à la mort.

Dérisoire tentative, il est pris, coincé, vivant, appelé à vivre jusqu'à ce que mort s'ensuive plus tard naturellement.

Alors il boit son lait, en attendant l'huile de foie de morue, les dragées du baptême et autres pilules des fakirs et petits cailloux de Démosthène.

Et bientôt on lui apprend à parler.

Il appelle alors le chien toutou, le cheval dada, et son père papa, il dit bonjour, merci, il fait sa prière.

Bientôt, on le traîne dans les jardins, au Parc Monceau, aux Tuileries, pour prendre l'air et jouer avec d'autres enfants perdus comme lui.

D'autres enfants, pâles et tristes, comme lui, portant comme lui, sur des épaules de petits comptables, une grosse tête blême de Je sais tout sans regard.

Petits prodiges au crâne mou avec déjà dedans des chiffres, les grattant comme des poux, nains qui font l'orgueil d'une famille de nains, obèses précoces faisant l'orgueil d'une famille de maigres, petits gnomes à casquette anglaise accroupis sous les arbres et creusant déjà leur fosse avec une toute petite pelle. Fillettes, couleur de papier peint, simulant d'une voix de ventriloque, de dérisoires réceptions mondaines, atroces et malheureuses petites orphelines parquées par des sœurs avec un pince-nez sur le cœur, enfants de troupe en uniforme, enfants de chœur en civil, boy-scouts aux poches percées, aux yeux cernés et tout cela sans vrai plaisir.

Enfants abandonnés, enfants bien élevés, enfants à tête d'éponge, à bec-de-lièvre, enfants voués au bleu ou au blanc, au tricolore et à la méningite.

Enfants d'ingénieurs, de magistrats, enfants de poètes, enfants de Marie, enfants de sages-femmes ou d'avorteuses retraitées. Déchirantes petites figures du musée de cire familial, exemplaire et occidental, et qu'on rentre au crépuscule quand sonne le clairon ou bat le tambour ou siffle le sifflet annonçant la fermeture du jardin.

Parfois, un enfant refuse de s'en aller. Pourquoi ne l'abandonnerait-on pas là une fois pour toutes, qu'est-ce que ça changerait?

Soudain, il regarde les arbres du jardin avec des yeux qui font croire à la mère que l'enfant n'est « pas bien ». Tout

simplement, l'enfant rêve à la mer qu'on lui a lue dans un
livre.

Il regarde ces arbres où il ne grimpera pas, cette petite
herbe entourée de fil de fer, ces pigeons fatigués, ces statues.
Il étouffe et la rage le prend, et devant cette nature truquée,
ce mauvais sable, tout ce petit cimetière vivant, il est en
proie à ce fabuleux désespoir qu'il est coutume d'appeler
« chagrin d'enfant ».

Il se roule alors par terre en hurlant, en hurlant comme
une bête et plus sa mère le calme, plus redoublent les cris.
D'autres enfants accourent et se roulent par terre à leur
tour. Ils ne veulent pas partir, ils ne veulent pas rester non
plus, ils veulent se rouler et crier, crier qu'ils ne veulent plus
de ces maisons, de ces familles, de ces jardins, de ces
statues.
Crier, hurler, porter plainte !
La famille les traîne dehors, la famille les fesse, les
claque, les enferme, les couche, les console, s'inquiète, prend
leur température, à nouveau se rassure et les fesse à
nouveau, puis à nouveau les console, les berce, les endort
puis s'endort à son tour.

Mais l'enfant abandonné, lui, qui tombait de sommeil, ne
s'endort pas, il se relève en rêve et parle tout seul en riant
mais personne d'autre ne l'entend. Et pendant des heures il
se chante pour lui-même d'incompréhensibles complaintes,
où se rencontrent et se grimpent des mots inventés, des mots
défendus, des mots sacrés et soudain drôles, des mots volés,
des mots nègres et nus ramassés dans les rues.
Et il rit en rêvant.

Un peu plus tard, le jardin lui semble plus gai et plus
grand, il court dans les allées et se promène autour des jets
d'eau et s'arrête devant les statues en souriant, d'autres
enfants s'approchent et sourient avec lui. L'un d'eux désigne

la statue et dit que c'est marrant, et ajoute autre chose aussi.

L'enfant abandonné qui souriait soudain est pris d'un grand rire heureux, il a trouvé des amis. Des complices. Et ils rient tous ensemble du gardien du square qui, de loin, les menace du doigt sans même savoir pourquoi. Et ils se retrouvent chaque jour.

C'est pour l'enfant abandonné, la mauvaise fréquentation; mais une autre famille retrouvée.

Petite foule d'enfants réels, petites bandes d'animaux vivants, cancres et voyous des rues montrés du doigt de loin par les autres petits animaux savants mimant le geste du gardien. Ils apprennent mal leurs leçons, ils ne font pas bien leurs devoirs, ils changent la morale des fables, ils se battent, ils pleurent, voyant à travers les grilles un cheval blessé. Et le Vendredi saint, ils pensent à Robinson Crusoé.

Et les grandes personnes bien élevées, à la vue de ces petits carnivores, s'enfuient en poussant le cri sinistre et puéril du végétarien égaré dans les abattoirs et ce cri fait rire les enfants et ce cri leur fait plaisir, vraiment.

LES RAVAGES DE LA DÉLICATESSE

Un homme achète un journal puis le jette après l'avoir à peine parcouru. Quelqu'un court derrière lui et le rattrape...

— Monsieur, vous avez fait tomber votre journal.

— Merci, dit l'homme.

— Il n'y a pas de quoi, c'est la moindre des choses, reprend l'autre qui s'éloigne... et l'homme n'ose jeter le journal à nouveau... et il le lit... et, noir sur blanc, apprend une nouvelle qui modifie sa vie.

Énervé et traqué il ne sait plus où il est, demande son chemin à un passant, le passant s'arrête et avec joie, gentiment, lui explique longuement la marche à suivre : c'est tout près, à deux pas.

Soudain l'homme se rappelle : ce n'est pas du tout cela, et même c'est tout à fait la direction opposée, mais l'autre qui s'éloignait se retourne et sourit et l'homme suit le chemin indiqué par le passant.

Il ne peut absolument pas faire autrement, il ne peut pas blesser ce passant si aimable et le voilà perdu dans un absurde dédale, et la nuit tombe, et il rencontre une femme qu'il a perdue de vue depuis cinq ans. Il lui lit la nouvelle parue dans le journal, elle fond en larmes, tombe dans ses bras et sur eux le malheur s'acharne exactement comme autrefois.

L'homme et la femme, à nouveau, ne sont plus qu'un seul être, supplicié par leurs quatre vérités.

PAR LE TEMPS QUI COURT

Il faudrait trouver l'historien
le sociologue le philosophe le pédagogue le métaphysicien
   qui aurait
logiquement
simplement
scientifiquement
économiquement
vu
prédit
entrevu
ou aperçu

HISTORIQUEMENT

En 1750 ce qui se passerait en 1780
En 1780 ce qui se passerait en 1793
En 1793 ce qui se passerait en 1815
En 1815 ce qui se passerait en 1830
En 1830 ce qui se passerait en 1848
En 1848 ce qui se passerait en 1870
En 1870 ce qui se passerait en 1871
En 1871 ce qui se passerait en 1900
En 1900 ce qui se passerait en 1914
En 1914 ce qui se passerait en 1918
En 1918 ce qui se passerait en 1936
En 1936 ce qui se passerait en 1940

En 1940 ce qui se passerait en 1944
En 1944 ce qui se passerait en 1950
En 1951 ce qui se passera en 1970 et 11

Et ceci simplement concernant une des régions où beaucoup
    parmi nous vivent actuellement.

LA BATAILLE DE FONTENOY

On entend la **MARSEILLAISE**. Le rideau se lève.

A droite, une estrade où, conduits par une ouvreuse, des « invités » prennent place.

Au milieu de la scène, une petite tribune auprès de laquelle, vu de dos, un homme corpulent, fumant la pipe, met et remet sur un phono le disque de la **MARSEILLAISE**. Cependant qu'un crétin délirant et enthousiaste, les bras chargés de guirlandes, achève de décorer la tribune.

L'OUVREUSE

Par ici, Messieurs Dames !...

> Un vieux monsieur très correct s'installe et, avec un bon sourire réjoui, essaie son masque à gaz, tandis que sa femme sort de son sac un délicat ouvrage de tricot.
>
> L'ouvreuse s'éclipse et revient avec Paul Déroulède et sa nourrice.

L'OUVREUSE

Par ici, Messieurs Dames. De là vous verrez très bien !...

> Paul Déroulède s'assoit près d'un petit garçon et lui tapote amicalement la joue.

PAUL DÉROULÈDE

Tu seras soldat, cher petit !

> Comme le petit garçon se borne à hausser les épaules, sa mère le gifle.

122

La **MARSEILLAISE** suit son cours. Le Monsieur corpulent s'installe dans la tribune : on reconnaît Édouard Herriot. Il salue et commence son discours.

ÉDOUARD HERRIOT

Mesdames, Messieurs et chers petits enfants,

Dans l'ordre extérieur, l'essentielle pensée du Gouvernement c'est la paix et pour nous la guerre doit être considérée comme un crime collectif... comme un crime collectif !!! Et l'on s'étonne que la Morale et la Justice si utilement sévères pour l'homicide, se montrent si négligentes ou si oublieuses pour les chefs politiques coupables de décider le massacre des peuples...

(Un temps. Vifs applaudissements.)

Lorsque le Maréchal de Saxe, après la Bataille de Fontenoy, faisait visiter au Roi et au Dauphin l'affreux champ de bataille : « Voyez, mon fils, dit Louis XV, ce que coûte une victoire. Le sang de nos ennemis est aussi le sang des hommes. La vraie gloire est de l'épargner »... Ainsi s'exprimait Louis XV, ainsi s'exprime l'esprit français !!!

(Vifs applaudissements. Il reprend.)

... L'esprit français... Et ceux qui ne pensent pas ainsi sont les serviteurs du mensonge et je les pourchasserai !!!

Soudain, il prête l'oreille car on entend une marche militaire et un bruit de troupes.

Entrée du comte d'Auteroche et de lord Hay, suivis de leurs ordonnances représentant les troupes françaises et anglaises. Un aumônier français suit.

LE COMTE

Comte d'Auteroche, chef des troupes françaises.

LE LORD

Lord Hay, chef des troupes anglaises.

L'AUMONIER

(à Herriot)

C'est la bataille de Fontenoy...

LES SPECTATEURS

(enthousiastes)

Ah! la bataille va commencer!

ÉDOUARD HERRIOT

Rompez les faisceaux!

> Cliquetis d'armes. Lord Hay et le comte d'Auteroche gagnent leurs postes respectifs, face à face, l'un côté cour et l'autre côté jardin, pendant que le clairon sonne : SOLDAT, LÈVE-TOI!
> Le général Joffre entre en scène discrètement et s'installe dans la tribune.

LE COMTE

(très fort)

Tirez les premiers, Messieurs les Anglais!

> Il salue.

LE LORD

(lui rendant son salut)

Non, Monsieur, à vous l'honneur!

LE COMTE

Après vous...

LE LORD

Je n'en ferai rien...

LE COMTE

Je vous en prie...

124

LE LORD

Vraiment, vous me gênez...

LE COMTE

C'est la moindre des choses...

On entend dans les coulisses :

> Its a long way to Tipperary
> Its a long way to go
> Its a long way to Tipperary...

Les spectateurs enthousiastes reprennent en chœur et agitent leurs mouchoirs.

LE LORD

Insister serait de mauvais goût...

LE COMTE

Je suis navré, absolument navré. Tirez les premiers pour me faire plaisir...

L'OUVREUSE

Si ça continue comme ça, on sera encore là demain soir !

PAUL DÉROULÈDE

Mais tirez donc, les gars !

LA NOURRICE

Du calme, monsieur Paul, du calme.

Voix de soldats dans la coulisse :

> Adieu Paris, Adieu l'Amour,
> Adieu toutes les femmes,
> C'est pour la vie, c'est pour toujours
> De cette guerre infâme...
> C'est à Craonne sur le plateau

Qu'on s'fera trouer la peau,
C'est nous les condamnés,
C'est nous les sacrifiés...

LES SPECTATEURS

(en chœur, couvrant la voix lointaine des soldats)

Flotte, petit drapeau,
Flotte, flotte, bien haut
Image de la France!

LE COMTE

(nerveux)

Tirez les premiers, Messieurs les Anglais!

LE LORD

Faites tirer vos gens!

L'AUMONIER

Si on tirait à la courte paille...

LE COMTE

Vous n'y pensez pas, l'Abbé!

L'AUMONIER

Ah! moi, monsieur le Comte, ce que j'en dis, c'est pour les derniers sacrements. La nuit ne va pas tarder à tomber et je ne voudrais pas prendre froid!

LE COMTE

Tirez les premiers, Messieurs les Anglais!

LE LORD

Après vous, je vous prie!

LES SPECTATEURS
(soudain s'impatientant)

Remboursez! Remboursez!
Remboursez! Remboursez!
Remboursez! Remboursez!

L'OUVREUSE

Pochettes surprises, pansements individuels, esquimaux, noisettes grillées, Nénette et Rintintin, oreillers couvertures!...

JOFFRE

Psst! La belle!

L'OUVREUSE

Pochette surprise, grand-père?

JOFFRE

Non, mon enfant, noisettes grillées!

(Il en mange quelques-unes.) Je les grignote! (Il sourit débonnairement et s'endort.)

On entend à nouveau et venant de très loin la chanson de Craonne :

Nous sommes des condamnés,
Nous sommes des sacrifiés...

Un soldat pourchassé, exténué, surgit soudain au beau milieu de la scène et reste là, désemparé.

LA DAME QUI TRICOTE
(indignée)

Oh! La bataille n'a pas encore commencé et voilà déjà un déserteur!

LES SPECTATEURS

Un qui donne le mauvais exemple!...
Il faut faire un exemple!...
Donner le bon exemple!...

> L'aumônier s'approche du soldat, le débarrasse de son fusil et lui donne un crucifix.

L'AUMONIER

Tiens, mon fils, embrasse-le! On ne sait jamais ce qui peut arriver!

> Le soldat, machinalement, embrasse le fétiche.

L'AUMONIER

Celui qui frappe par l'épée périt par l'épée. Celui qui se refuse à frapper par le fusil périt par le fusil.

> Il tire benoîtement et à bout portant sur le soldat qui s'écroule.
> L'ouvreuse se précipite et emporte le corps.

L'AUMONIER

Attention! Il est fragile!

(s'adressant au public)

C'est le soldat inconnu! Une minute de silence, s'il vous plaît!

> La plupart des spectateurs se lèvent respectueusement, et la minute de silence suit son cours réglementairement. Soudain, on entend le canon. Lord Hay et le comte d'Auteroche poussent à l'unisson un grand soupir de soulagement. Chacun de son côté s'en va.
> Le canon redouble. Soudain le général Joffre se réveille en sursaut.

JOFFRE

Qu'est-ce que c'est? Qu'est-ce que c'est?

PAUL DÉROULÈDE

La guerre!

JOFFRE

Ah! Bon... Je ne sais pas, moi, je me figurais... Enfin je dormais... J'imaginais un tas de choses... (Il se rendort).

> Un nouveau déserteur entre, fait un geste d'adieu vers le « front » et pose son fusil dans un coin.

LA DAME QUI TRICOTE

En voilà encore un!

> Mais le déserteur a reconnu sa mère parmi les spectateurs. Il monte dans la tribune et se jette à ses pieds.

LE DÉSERTEUR

Maman! Cache-moi!

LA MÈRE

Mon fils, un déserteur!... Mais qu'est-ce que vont dire les voisins!... C'est la honte sur la famille, le déshonneur!... Misérable, tu vas faire rater le mariage de ta sœur!

> Mais, sans l'écouter, le fils essaie vainement de se cacher dans les jupons de sa mère. Et venant du fin fond de ses dessous, on entend soudain un sourd rugissement.
> Surgit alors un alerte vieillard, coiffé d'un bonnet de police noir.

LE FILS

Qu'est-ce que vous faites là?

LE VIEILLARD

Je fais la guerre!

129

LES SPECTATEURS

(se levant à nouveau, enthousiasmés)

Vive le Tigre! Vive Clemenceau!

LE TIGRE

(rugissant de plaisir et désignant du doigt le déserteur)

A Vincennes! Au poteau!

L'OUVREUSE

Par ici la sortie! (Elle entraîne le déserteur).

> Brève et modeste fusillade en coulisse, à l'unisson du bruit du canon.
> Simple et sublime douleur de la mère.
> Le crétin enthousiaste et décorateur s'approche d'elle avec dans les mains un chapeau, un voile de deuil. Il la coiffe.

LA NOURRICE

Le noir vous va à ravir.

LA MÈRE

(un peu triste malgré tout)

N'est-ce pas?

PAUL DÉROULÈDE

Dommage que votre enfant ne soit pas là pour vous voir!

> La musique et le canon redoublent d'ardeur. Arrivée de Guillaume II, empereur d'Allemagne. L'ouvreuse le conduit à sa place et devant lui les spectateurs s'effacent.
> Nouvelle entrée: Nicolas II, empereur de Russie, suivi de Raspoutine.

LES SPECTATEURS

(en chœur)

Le voilà, Nicolas!

CHORISTES
(en coulisse)

Ah! Ah! Ah!

LES SPECTATEURS
(en chœur)

Il arrive à grands pas!

CHORISTES
(en coulisse)

Ah! Ah!

NICOLAS II
(sans enthousiasme)

Ah!

>Il s'assoit. Raspoutine aussi. Violente canonnade.

CLEMENCEAU ET DÉROULÈDE

Vive l'Alliance franco-russe!

>Nouveaux coups de canon. Nouvelles sonneries de clairon. Aux tribunes, vifs applaudissements. Un officier d'État-Major entre en scène avec un téléphone de campagne.

L'OFFICIER

Allô? Allô? Comment dites-vous? Cinq cent mille morts?... Non, cent mille. Ah! Bon! J'avais compris cinq mille.

PAUL DÉROULÈDE

Debout les morts!

>Il se dresse devant le spectateur précautionneusement muni du masque à gaz, l'empêchant inconsidérément de jouir du spectacle.

PAUL DÉROULÈDE

Debout les morts!

LE SPECTATEUR

Assis!

PAUL DÉROULÈDE

Qu'est-ce que vous dites!!!

LA DAME QUI TRICOTE

Assis! Assis!

LE SPECTATEUR

Déjà, avec ce masque, je ne voyais pas grand-chose!

PAUL DÉROULÈDE

Qu'est-ce que vous avez osé dire?

> Comme ils vont en venir aux mains, la nourrice les sépare et, le bruit du canon redoublant, ils se calment.

RASPOUTINE

(à Nicolas)

Cette bataille est passionnante... Vous auriez dû amener les baby.

LA NOURRICE

Ce n'est pas un spectacle pour les enfants.

LA MÈRE

(parée du voile de deuil)

Il n'y a plus d'enfants!

LE VIEUX MONSIEUR CORRECT

Comme vous avez raison, Madame, il n'y a plus d'enfants, plus de respect, plus de Pyrénées, plus de panache. Et qu'est-ce que cette petite bataille de rien du tout auprès de l'exploit héroïque du chevalier Bayard défendant seul le pont de Garigliano contre deux cents Espagnols?...

PAUL DÉROULÈDE

Trois cents Espagnols...

LE VIEUX MONSIEUR CORRECT

J'ai dit : deux cents, et je le maintiens...

PAUL DÉROULÈDE

Vous êtes un foutu imbécile, un boche...

> Ils sortent des rangs des spectateurs pour se battre. Coups de canon. Ils regagnent leurs places.

RASPOUTINE

Ah! les braves gens!... N'est-ce pas, Nicolas? (Il se tourne vers Nicolas.)

NICOLAS

Vous rêvez, il me semble? A quoi pensez-vous donc?

RASPOUTINE

A la mort de Louis XVI!

> Les spectateurs observent alors un moment de recueillement et Paul Déroulède trouve ce moment propice à la lecture de quelques strophes de ses poèmes.

PAUL DÉROULÈDE

Le tambour bat!
Le clairon sonne.

Qui reste en arrière? Personne.
C'est un peuple qui se défend.
En avant!
En avant!
Tant pis pour qui tombe.
La mort n'est rien, vive la tombe,
Quand le pays en sort vivant!
En avant!...

. . . .

Toujours joyeux, toujours ingambe,
C'est le fantassin qu'on choisit.
Vive la jambe! Vive la jambe!
Vive la jambe et le fusil!...

Mais sa voix est maintenant couverte par les choristes en coulisse.

CHORISTES

Mais quand on vient en permission,
On voit Poincaré sur le front...

Poincaré entre en scène.

POINCARÉ

(soulevant sa très simple casquette de touriste)

Je suis en retard. Messieurs, veuillez m'excuser, mais je préparais mon discours et j'ai laissé passer les heures...

PAUL DÉROULÈDE

(le désignant du doigt)

Halte-là! Vous ne passerez pas!

LA NOURRICE

Voyons, monsieur Paul, c'est monsieur Poincaré!

PAUL DÉROULÈDE

Je croyais que c'était Staline. (Il se calme.)

134

POINCARÉ

... Et j'ai laissé passer les heures. Où en sommes-nous ? Combien y a-t-il de morts ?

> Un secrétaire à tête de Deibler entre et lui tend une liste qu'il consulte, fébrile.

POINCARÉ

Diable, diable, nous ne sommes pas d'accord...

LE SECRÉTAIRE

Avec les blessés, vous aurez peut-être votre compte.

POINCARÉ

Nous verrons ça à tête reposée.

> Il range ses papiers.

Avez-vous vu la maquette ?

LE SECRÉTAIRE

Quelle maquette, Monsieur le Président ?

POINCARÉ

La maquette du monument aux morts de Fontenoy, parbleu ! Je l'ai vue, moi, elle est superbe, un peu trop moderne à mon avis, un peu cubiste même. (Les spectateurs acquiescent et haussent les épaules.) Mais il faut bien les gâter un peu, ces chers petits, c'est de leur âge !...

> Il sort des papiers et commence à lire :

Soldats tombés à Fontenoy, soldats tombés à Fontenoy, sachez que vous n'êtes pas tombés dans l'oreille d'un sourd et que je fais ici le serment de vous venger, de vous suivre, et de périr, etc... etc...

> Tout le monde se signe. Le crétin enthousiaste distribue des couronnes mortuaires. Lord Hay et le comte d'Auteroche entrent à nouveau en scène et saluent.

POINCARÉ

Soldats tombés à Fontenoy...

LE VIEUX MONSIEUR CORRECT

Ne criez pas si fort, on n'entend plus le canon!

POINCARÉ

Vous êtes un abominable gredin!

> Un jeune homme se lève et applaudit chaleureusement.

POINCARÉ

Qui est ce jeune homme?

LE SECRÉTAIRE

C'est le petit garçon à qui les Allemands ont coupé les mains en 1914.

POINCARÉ

Qu'il n'applaudisse pas, qu'il crie bravo, c'est plus vraisemblable.

> (reprenant encore son discours)

... Soldats tombés à Fontenoy, le soleil d'Austerlitz vous contemple...

A la guerre comme à la guerre! Un militaire de perdu, dix de retrouvés!! Il faut des civils pour faire des militaires!!! Avec un civil vivant on fait un soldat mort!!!! Et pour les soldats morts on fait des monuments!!!!! Des monuments aux morts!!!!!!

L'OUVREUSE

> (l'interrompant)

Le général Weygand.

> Le général Weygand entre en scène et annonce deux
> nouveaux spectateurs.

WEYGAND

Ces Messieurs du Comité des Forges.

Les nouveaux spectateurs se présentent.

KRUPP

Herr Krupp.

SCHNEIDER

Monsieur Schneider.

POINCARÉ

Messieurs du Comité des Forges, c'est à force de forger qu'on devient forgeron, c'est à force de ceinturer qu'on devient ceinturon...

LE PUBLIC

(au comble de l'enthousiasme)

Des canons! Des munitions!
Des canons! Des munitions!

Un flic, le doigt aux lèvres, tempère leur ardeur.

LE FLIC

Taisez-vous. Méfiez-vous. Les oreilles ennemies vous écoutent.

NICOLAS ET GUILLAUME II

Bravo!

Schneider et Krupp s'inclinent.

SCHNEIDER ET KRUPP

Monsieur le Président,
Nous sommes désolés,
Mais les munitions

On les a mélangées,
Ça va faire mauvais effet!...

POINCARÉ

(avec un bon sourire)

Mais non, ça ne fait rien. Les obus français et les obus allemands sont de la même famille. Vous n'avez qu'à partager.

SCHNEIDER ET KRUPP

(s'inclinant avec force courbettes)

Comme vous avez raison,
Monsieur le Président,
Merci, Monsieur le Président,
Merci, Monsieur le Président,
Merci...

La bataille se poursuit. Mais le canon tonne un peu moins fort. Quelques spectateurs s'en vont.

JOFFRE

La bataille est belle, la représentation réussie, mais je tombe de sommeil. Bonsoir et merci. (Il hèle un taxi.) Chauffeur! Quai de la Marne!

LE CHAUFFEUR

Je suis pas bon... Je connais le refrain, on m'a déjà eu en 14.

Il abaisse son petit drapeau rouge et il démarre.

JOFFRE

C'est malin!

POINCARÉ

Et d'une tristesse!

Enfin, nous aurions de quoi gagner la Bérésina avec tous ces braves chauffeurs russes que nous avons à Paris!

(Il reprend le fil de son discours)

Soldats tombés à Fontenoy!
Soldats tombés un peu partout!...

(Il est interrompu par le canon qui, soudain, se tait, et la musique qui redouble d'ampleur : cent tambours, six trompettes.)

Qu'est-ce que c'est?

LE SECRÉTAIRE

L'armistice!

POINCARÉ

Déjà!
Enfin, de même que la mobilisation n'est pas la guerre, l'armistice n'est pas la paix.

Lord Hay et le comte d'Auteroche réapparaissent au beau milieu de la scène du théâtre des hostilités et saluent.

LES SPECTATEURS

Victoire! Victoire! Victoire!

Et la Victoire arrive et salue.

LA VICTOIRE

Chers amis, je suis heureuse et fière d'être parmi vous et je... c'est-à-dire que...

LES SPECTATEURS

Gloire à notre France éternelle!
Gloire à ceux qui sont morts pour elle!
Gloire à Dieu au plus haut des cieux!

LA VICTOIRE

Des cieux... des cieux...
Ceux qui ne font pas d'omelette
sans casser les œufs
ont droit qu'à leur cercueil
la foule vienne et prie!...
Eh! Bonjour Monsieur du Corbeau...
J'en connais d'immortels
qui sont de purs sanglots...
Fesse queue doigt...
Advienne que pourri...
Advienne que pourra...
Tirez la bobinette
la chevillette cherra
Etcaetera!... Etcaetera!...

LES SPECTATEURS

(en chœur)

75, ce joli petit joujou,
75, tous les boches en sont jaloux,
75, ce joli petit joujou,
75, c'est ça qui les rend tous fous!...

On entend pleurer Déroulède.

LA NOURRICE

(à Déroulède)

Venez, monsieur Paul, la guerre est finie.

LES SPECTATEURS

(en chœur)

Remettez-nous ça! Remettez-nous ça!
Remettez-nous ça! Remettez-nous ça!

LE RIDEAU TOMBE

140

REPRÉSENTATION

Des représentants de commerce du Peuple sont en scène et échangent de terribles invectives.

Le rideau tombe et se relève sans que les acteurs y aient prêté attention et ils continuent leur « conversation ».

— Qu'est-ce que cela peut faire que je lutte pour la mauvaise cause puisque je suis de bonne foi?

— Et qu'est-ce que ça peut faire que je sois de mauvaise foi puisque c'est pour la bonne cause?

Ils se saluent.

Le rideau tombe puis se relève.
Ils s'en aperçoivent et s'invectivent.

ENTRACTE

L'ignorance ne s'apprend pas.

GÉRARD DE NERVAL

Il y a certaines entreprises pour lesquelles un désordre soigneux est la vraie méthode.

Regardez la foule de ceux qui ont envie de l'eau !

La mort est un mur aveugle où se cognent finalement toutes les têtes questionnantes. Larguez !

HERMAN MELVILLE

J'ai soif de vie calme et paisible, de repos, d'honnêteté, oui, je veux en finir avec les mystères et les crimes.

FANTOMAS

Chose curieuse, c'est par là qu'il a fini : On l'engage pour lire le psautier auprès des défunts, en même temps, il détruit les rats et fabrique du cirage.

« Ce serait le moment de leur lancer une bouteille à la tête » pensai-je. Je pris une bouteille et... me versai à boire.

J'étais maladivement cultivé, comme il convient à un homme de notre époque.

Bientôt, nous imaginerons de naître d'une idée.

DOSTOÏEVSKI

145

L'un se déguise en veuve et, d'un front solennel, pleure dans les maisons son mari Colonel...

VICTOR HUGO

J'en mourrai peut-être.

GUILLAUME APOLLINAIRE

Maintenant qu'elle ne questionnait plus la Terre en créature révoltée, elle entendait une voix basse courant au ras du sol, la voix d'adieu des plantes, qui se souhaitaient une mort heureuse.

ÉMILE ZOLA

J'étais quelqu'un de gai.

... Soyez heureux !

J'aime aussi les bêtes,
              on en a bien chez vous ?
                                        dans les jardins
Prenez-moi pour gardien des bêtes.
J'aime les bêtes.

MAÏAKOVSKI

Un poisson qui vole dans l'eau, qui sort la tête, laisse le corps dans l'eau...
L'eau froide est bonne comme la pluie...

POUSSINE

La gloire est le deuil éclatant du bonheur.

MADAME DE STAËL

Celui dont le visage ne donne pas de lumière ne deviendra jamais une étoile.

WILLIAM BLAKE

Cette étrange étoile, il y a de cela trois siècles, c'est moi qui, les mains crispées et les yeux ruisselants, aux pieds de ma bien-aimée, l'ai proférée à la vie avec quelques phrases passionnées.
Ses brillantes fleurs sont les plus chères de tous les rêves non réalisés et ses volcans sont les passions du plus tumultueux et du plus insulté des cœurs.

EDGAR POE

Si nous prenons le train pour nous rendre à Tarascon ou à Rouen, nous prenons la mort pour aller dans une étoile.

Étant donné les corps que nous avons, nous avons besoin de vivre avec les copains.

J'ai cherché à exprimer avec le rouge et le vert les terribles passions humaines.

Les choses parlent d'elles-mêmes...

VINCENT VAN GOGH

... Tout cela, au milieu d'un bombardement comme météo-rique d'atomes qui se feraient voir grain à grain, preuve que Van Gogh a pensé ses toiles comme un peintre, certes, et uniquement comme un peintre, mais qui serait
par le fait même,
un formidable musicien.

ANTONIN ARTAUD

Ceux qui écoutent aux portes entendent toujours quand on se dispute et jamais quand on rit.

CLAUDY

Mort aux vaches et au champ d'honneur !

BENJAMIN PÉRET

Je vous déclare avec obéissance...

Le brave soldat CHVEIK

La butte rouge c'est son nom
L'baptême s'fit un matin
où tous ceux qui montèrent.
tombèrent dans le ravin
Aujourd'hui ya d'la vigne
Ceux qui boiront de ce vin
boiront le sang des copains...

MONTÉHUS

Tant d'amour dans un si petit cœur...

JANINE

Nous commençons toujours notre vie par un crépuscule admirable. Tout ce qui nous aidera, plus tard, à nous dégager de nos déconvenues s'assemble autour de nos premiers pas.

Aucun oiseau n'a le cœur de chanter dans un buisson de questions.

                                                        RENÉ CHAR

Tant que le jour ne nous saute pas à la figure il convient de croire aux édens.

                                                   HENRI PICHETTE

Je suis le néant gai!

                                                              AIROLO

Un homme en train de se noyer épie une femme qui se donne la mort.

                                                          URS GRAF

C'est comme si je recevais trois ou quatre fois la vie, trois ou quatre fois la mort.

                                                XAVIER FORNERET

Aimez-vous les uns sur les autres.

                        *(Pensée pieuse écrite sur l'album d'une petite fille.
                        Hôtel de Nice, rue des Beaux-Arts, 1943.)*

Mon nom est écrit sur mes talons, quand mes talons seront usés mon nom sera effacé.

                                *(Un petit garçon grec, rue Dauphine.
                                au coin de la rue du Pont-de-Lodi.)*

— Il n'est pas né dans une crèche!
— Où est-il né alors?
— Dans une clinique.
— Pourquoi dans une clinique?
— L'opération du Saint-Esprit.

                                            PIERROT, 10 ans, à Pékin.

J'ai ma femme avec moi dans mon lit même quand je suis debout.

J'ai scalpé le public. J'ai mis ma verge dans toutes les cheminées le jour de Noël.

Je signe la Paix et je vais porter le buvard aux Invalides.

                                ANDRÉ BRETON et PAUL ÉLUARD

Tous ceux qui me plaignent me sont étrangers, c'est pourquoi j'ai pu aujourd'hui vous avouer que j'étais heureuse.

CAMILLE

Persuadez-vous que j'ai beaucoup plus mal dans le corps des autres que dans le mien.

HENRI MICHAUX

Le perroquet disait : Si le ressort pouvait casser, cela arrangerait les choses et ce serait seulement la faute de la destinée.

ANDRÉ VIREL

Quand les individus affrontent le monde avec tant de courage, le monde ne peut les briser qu'en les tuant. Et naturellement il les tue.

Le monde brise les individus, et chez beaucoup, il se forme un cal à l'endroit de la fracture ; mais ceux qui ne veulent pas se laisser briser, alors ceux-là, le monde les tue. Il tue indifféremment les très bons et les très doux et les très braves.

Si vous n'êtes pas parmi ceux-là, il vous tuera aussi, mais en ce cas, il y mettra le temps...

ERNEST HEMINGWAY

Accaparer ou séparer : voilà ce qu'ils veulent.

JANINE

Au Brésil, j'ai voulu abattre toute une forêt pour faire le portrait du seul arbre qui me plaisait.

GAUTHEROT

Tiens, la foule !

Mon frère PIERRE,
tout petit, devant un plat de lentilles.

Un éléphant dans sa baignoire
Et les trois enfants dormant
Singulière singulière histoire
Histoire du soleil couchant...

PHILIPPE SOUPAULT

La manivelle de satin
Trois petits chats dans une baignoire
tournent la manivelle de satin
et s'en vont dans les broussailles

Et partir et revenir, et partir et revenir.
Et partir et revenir.
Et mangèrent leur déjeuner.
Ton... Ton...

MINOUTE, quatre ans.

Oh !
Il remonte dans la bouteille et il redescend.
C'est Merdézut...
Merdézut qu'il s'appelle !

MINOUTE, à trois ans, devant un ludion dans un bocal.

Chaque pot avait sa couleur écrite sur lui, mais, naturelle-ment, les chatons ne savaient pas lire.
Ils ne se reconnaissaient que par les couleurs. « C'est très facile, disait Sage, le rouge est rouge. »
« Le bleu est bleu », disait Image.

LES CHATONS BARBOUILLEURS

Mais nous autres, les hiboux, en nous servant d'une seule de nos oreilles, nous sommes capables de vous dire la couleur d'un petit chat rien qu'à la manière dont il cligne de l'œil dans la nuit.

Docteur DOLITTE

La réalité elle-même aussi est un prodige.

ŒRSTEDT

Le soldat est persuadé qu'un certain délai indéfiniment prolongeable lui sera accordé avant qu'il soit tué, le voleur avant qu'il soit pris, les hommes en général avant qu'ils aient à mourir. C'est là l'amulette qui préserve les individus — et parfois les peuples — non du danger mais de la peur du danger, en réalité de la croyance au danger, ce qui, dans certains cas, permet de les braver sans qu'il soit besoin d'être brave.

MARCEL PROUST

... Aux quatre coins du lit
quat' bouquets de pervenches
Dans le mitan du lit
la rivière est profonde
Tous les chevaux du roi
pourraient y boire ensemble
Nous y serons heureux
jusqu'à la fin du monde...

LES MARCHES DU PALAIS

150

... Mais que dirai-je de la poésie? Que dirai-je de ces nuages, de ce ciel? Regarder, les regarder, le regarder, et rien de plus. Tu comprendras qu'un poète ne puisse rien dire de la poésie : laisse cela aux critiques et aux professeurs. Mais ni toi, ni moi, ni aucun poète, ne savons ce que c'est que la poésie...

FEDERICO GARCIA LORCA

City Light.

CHARLIE CHAPLIN

Quelque part dans le monde
au pied d'un talus
Un déserteur parlemente
avec des sentinelles
qui ne comprennent pas son langage.

Robert Desnos

. . . .

. . . .

UN RIDEAU ROUGE SE LÈVE
DEVANT UN RIDEAU NOIR...

Un rideau rouge se lève devant un rideau noir
Devant ce rideau noir
Yves Montand
avec le regard de ses yeux l'éclat de son sourire les gestes de
    ses mains la danse de ses pas
dessine le décor

Et la couleur vocale de sa voix éclaire le paysage de New-
    Orléans Old-Belleville and Vieux-Ménilmontant
où l'on entend soudain la chanson mouvementée des plus
    anciens échos de Florence quand les oiseaux du jour lui
    disent au revoir de nuit au Giardino di Boboli
avant de regagner la porte d'Italie pour voir couler la Seine
    qui traverse Paris et puis gagner la mer pour aller voir
    Harlem où il y a pour chanter sept dimanches par
    semaine
Et puis dans ce décor
où le côté jardin donne sur le côté cour
Luna Park
l'usine aux populaires et modiques prodiges
aujourd'hui démolie saccagée et rasée avec l'assentiment des
    gens fort cultivés
en un clin d'œil et en un tour de main se rebâtit
Et sa bonne humeur mécanique reprend du poil de la Fête
et sa joyeuse sidérurgie inoffensive et bon enfant
se reprend à tourner rond

dans le tour de chant d'Yves Montand
Et c'est une nouvelle fois dans un nouvel instant
les amours les délices les orgues de Barbarie
avec de grands bonshommes de pain d'épice
enlaçant leurs douces petites femmes rousses au chaud
    regard de miel
dans la grande malle des Indes
où s'allument encore de nos jours à Paris
les derniers feux de Bengale de la fête à Neuilly
Mais
les amulettes de la magie s'éteignent aussi vite qu'une
    allumette de la régie frottée sur un trottoir balayé par la
    pluie
Le Palais des Mirages s'enfonce dans la pénombre où plus
    rien maintenant ne bouge
Rien d'autre que des ombres disant leurs peines
murmurant sans cesse à voix basse
les couplets de leur espoir
et les refrains de leurs désirs
et la complainte de leurs soucis
et les hauts cris de leur détresse
Et Yves Montand
fraternellement
prête l'oreille à ces vrais cris
prête sa voix à cette détresse

Pourtant
Yves Montand ne pousse pas la romance
D'autres chanteurs et parfois même les meilleurs
l'ont poussée avant lui
Mais un beau jour
elle est tombée par terre
la Romance
et elle s'est endormie
les yeux embués des larmes d'un trop parfait ennui
et bercée en public
et en exclusivité
par les chanteurs de charme

154

les roucouleurs de la douleur
les chagrineurs de l'amour
les rémouleurs de la mélancolie
les rétameurs patentés de la saine et vieille gaîté et de la
    grivoiserie gauloise de bon aloi
Et depuis
la romance
c'était presque toujours pour la plupart du temps
la belle au bois se rendormant
quand survenait
triomphalement annoncé par les trompettes de la publicité
un nouvel astre
un nouveau charmeur de serments à sornettes
sur son paillasson volant
un nouveau prince
ab-so-lu-ment chaaarmant
Et
un autre beau jour
au beau milieu d'une nuit
ou dans le même parcours
en fin d'après-midi
la romance se réveille
avec au pied du lit
ce grand garçon vivant ingénu et lucide
viril tendre et marrant
qui déjà s'appelle Yves Montand
Voyant qu'il n'a pas la mort dans l'âme
elle ne perd pas son temps
à se demander ce qu'il peut bien avoir dans le corps ou si
    elle a reçu un grand coup de foudre au cœur
Elle se lève
et tombe dans ses bras
et il la fait danser la romance
car il ne tient pas en place
Yves Montand
A peine est-il en scène
qu'il est déjà dans la salle
au beau milieu des spectateurs

A peine est-il dans la salle

que tout le monde est ailleurs

et la romance et lui et puis les spectateurs

Et même

les plus sceptiques parmi les plus aisés et les plus
   connaisseurs et qui ne viennent pas au spectacle pour se
   distraire mais seulement pour passer une soirée en
   donnant ainsi le coup de grâce à une trop fastueuse et
   monotone journée et qui ne somnolaient que d'un œil en
   veillant sur leurs deux oreilles bercés par la mélodie du
   sommeil dans leur confortable fauteuil

restent tout d'abord médusés

Comme de très opulents passagers d'une très opulente
   traversée nageant dans l'opulence d'une mer soigneusement démontée

apercevant au loin

tout seul sur un radeau

un heureux naufragé

chantant pour les sirènes et leur menu fretin

d'une voix simple et belle aux échos enfantins

ce qui lui fait plaisir et ce qu'il aime à chanter

en remuant ciel et terre

et des pieds et des mains

Puis comme de très fastueux allongés de sleeping réalisant
   soudain que c'est peut-être le mécanicien qui mène
   vraiment le grand train

ils se laissent entraîner à leur tour

dans ce voyage sans autre horaire que celui de l'amour

et du beau temps et de la pluie

et du bonheur et du malheur

et de la mort et de la vie

et de l'humour.

REFRAINS ENFANTINS

Des petites filles courent dans les couloirs du théâtre, chantant.

Ouh ouh
ouh ouh
C'est la chanson du loup garou
Où où
quand quand
comment comment
pourquoi pourquoi
Ouh ouh
ouh ouh
C'est la chanson du loup garou
Il pleut Il pleut
Il fait beau
Il fait du soleil
Il est tôt
Il se fait tard
Il
Il
Il
toujours Il
Toujours Il qui pleut et qui neige
Toujours Il qui fait du soleil
Toujours Il

Pourquoi pas Elle
Jamais Elle
Pourtant Elle aussi
souvent se fait belle !

MARCHE OU CRÈVE

Le ventre creux les pieds en sang
marchons marchons marchons gaiement
On touche que le quart d'une ration
le bidon est rempli de courants d'air
mais nous portons la fourragère
L'été à l'ombre des drapeaux
on est au frais il fait si beau
Ceux qui tomberont d'insolation
seront sûrs de pas claquer cet hiver
d'une bonne congestion pulmonaire.

Marche ou crève
Marche ou crève... Où allons-nous ?
Nous allons dans le nord
on a besoin de nous
Nous on est du sud
pourquoi y allons-nous ?
Nous allons dans le nord
parce qu'il y a des grèves
Marche ou crève... marche ou crève...
marche ou crève.

Toi t'es vigneron dans l'midi
et c'est dans le nord qu'y a la grève
Si on te laissait dans ton pays
et qu'on te donne l'ordre de tirer
tu ne tirerais pas sur ton père

Moi j'suis pêcheur dans l'Finistère
explique-moi pourquoi je tirerais
sur un mineur du Pas-de-Calais
Tous les travailleurs sont des frères
Faut pas nous laisser posséder.

Où allons-nous?
Marche ou crève
Marche ou crève...

Rien à faire
s'il faut tirer sur nos frères
On refuse pas d'tirer
on peut pas tirer
on peut pas viser
le fusil est bouché
la gâchette rouillée
les cartouches mouillées
Rien à faire... Rien à faire... Rien à faire...

Rien.

EN ÉTÉ COMME EN HIVER

En été comme en hiver
dans la boue dans la poussière
couché sur de vieux journaux
l'homme dont les souliers prennent l'eau
regarde au loin les bateaux.

Près de lui un imbécile
un monsieur qui a de quoi
tristement pêche à la ligne
Il ne sait pas trop pourquoi
il voit passer un chaland
et la nostalgie le prend
Il voudrait partir aussi
très loin au fil de l'eau
et vivre une nouvelle vie
avec un ventre moins gros.

En été comme en hiver
dans la boue dans la poussière
couché sur de vieux journaux
l'homme dont les souliers prennent l'eau
regarde au loin les bateaux.

Le brave pêcheur à la ligne
sans poissons rentre chez lui
Il ouvre une boîte de sardines

161

et puis se met à pleurer
Il comprend qu'il va mourir
et qu'il n'a jamais aimé
Sa femme le considère
et sourit d'un air pincé
C'est une très triste mégère
une grenouille de bénitier.

En été comme en hiver
dans la boue dans la poussière
couché sur de vieux journaux
l'homme dont les souliers prennent l'eau
regarde au loin les bateaux.

Il sait bien que les chalands
sont de grands taudis flottants
et que la baisse des salaires
fait que les belles marinières
et leurs pauvres mariniers
promènent sur les rivières
toute une cargaison d'enfants
abîmés par la misère
en été comme en hiver
et par n'importe quel temps.

SANGUINE

La fermeture éclair a glissé sur tes reins
et tout l'orage heureux de ton corps amoureux
au beau milieu de l'ombre
a éclaté soudain
Et ta robe en tombant sur le parquet ciré
n'a pas fait plus de bruit
qu'une écorce d'orange tombant sur un tapis
Mais sous nos pieds
ses petits boutons de nacre craquaient comme des pépins
Sanguine
joli fruit
la pointe de ton sein
a tracé une nouvelle ligne de chance
dans le creux de ma main
Sanguine
joli fruit

Soleil de nuit.

IL A TOURNÉ AUTOUR DE MOI

Il a tourné autour de moi
pendant des mois des jours des heures
et il a posé la main sur mon sein
en m'appelant son petit cœur
Et il m'a arraché une promesse
comme on arrache une fleur à la terre
Et il a gardé cette promesse dans sa tête
comme on garde une fleur dans une serre
J'ai oublié ma promesse
et la fleur tout de suite a fané
Et les yeux lui sont sortis de la tête
il m'a regardée de travers
et il m'a injuriée
Un autre est venu qui ne m'a rien demandé
mais il m'a regardée tout entière
Déjà pour lui j'étais nue
de la tête aux pieds
et quand il m'a déshabillée
je me suis laissé faire
Et je ne savais pas qui c'était.

CHANT SONG

Chant song
chant song
blue song
et oiseau bleu
blood sang
and bird oiseau
blue song red sang

Moon lune
chant song
rivière river
garden rêveur
petit house
little maison

Oh girl fille
oh yes je t'aime
oh oui love you
oh girl fille
oh flower girl
je t'aime tant

Chant song
chant song
bleu song
et oiseau bleu
blood sang
and bird oiseau
bleu song red sang
chant song
chant song

Oh girl fille
oh oui love you

Moon lune
chant song
rivière rêveur
garden river
rêve dream
mer sea

Thank you
moon lune
thank you
mer sea

Moon lune
chant song
rivière river
garden rêveur
children enfant
mer sea
time temps

Oh flower girl
children enfant
oh yes je t'aime
je t'aime tant
t'aime tant
t'aime tant
time temps
time temps
time temps
time temps
et tant et tant
et tant et tant
et tant...

et temps.

CHANSON DES SARDINIÈRES

Tournez tournez
petites filles
tournez autour des fabriques
bientôt vous serez dedans
tournez tournez
filles des pêcheurs
filles des paysans

Les fées qui sont venues
autour de vos berceaux
les fées étaient payées
par les gens du château
elles vous ont dit l'avenir
et il n'était pas beau

Vous vivrez malheureuses
et vous aurez beaucoup d'enfants
beaucoup d'enfants
qui vivront malheureux
et qui auront beaucoup d'enfants
qui vivront malheureux
et qui auront beaucoup d'enfants
beaucoup d'enfants
qui vivront malheureux
et qui auront beaucoup d'enfants

beaucoup d'enfants
beaucoup d'enfants...

Tournez tournez
petites filles
tournez autour des fabriques
bientôt vous serez dedans
tournez tournez
filles des pêcheurs
filles des paysans.

TOURNESOL

Tous les jours de la semaine
En hiver en automne
Dans le ciel de Paris
Les cheminées d'usine ne fument que du gris

Mais le printemps s'amène une fleur sur l'oreille
Au bras une jolie fille
Tournesol Tournesol
C'est le nom de la fleur
Le surnom de la fille
Elle n'a pas de grand nom pas de nom de famille
Et danse au coin des rues
A Belleville à Séville

Tournesol Tournesol Tournesol
Valse des coins de rues
Et les beaux jours sont venus
La belle vie avec eux

Le génie de la Bastille fume une gitane bleue
Dans le ciel amoureux
Dans le ciel de Séville dans le ciel de Belleville
Et même de n'importe où

Tournesol Tournesol
C'est le nom de la fleur
Le surnom de la fille.

LA BELLE VIE

Dans les ménageries
Il y a des animaux
Qui passent toute leur vie
Derrière des barreaux
Et nous on est des frères
De ces pauvres bestiaux

On n'est pas à plaindre
On est à blâmer
On s'est laissé prendre
Qu'est-ce qu'on avait fait
Enfants des corridors
Enfants des courants d'air
Le monde nous a foutus dehors
La vie nous a foutus en l'air

Notre mère c'est la misère
Et notre père le bistrot
Élevés dans des tiroirs
En guise de berceau
On nous a laissés choir
Tous nus dans le ruisseau

Dès notre plus jeune âge
Parqués dans les prisons
Nous dormons dans des cages

Et nous tournons en rond
Sans voir le paysage

Sans chanter de chansons
On n'est pas à plaindre
On est à blâmer
On s'est laissé prendre
Qu'est-ce qu'on avait fait
Enfants des corridors
Enfants des courants d'air
Le monde nous a foutus dehors
La vie nous a foutus en l'air.

AUBERVILLIERS

I

CHANSON DES ENFANTS

Gentils enfants d'Aubervilliers
Vous plongez la tête la première
Dans les eaux grasses de la misère
Où flottent les vieux morceaux de liège
Avec les pauvres vieux chats crevés
Mais votre jeunesse vous protège
Et vous êtes les privilégiés
D'un monde hostile et sans pitié
Le triste monde d'Aubervilliers
Où sans cesse vos pères et mères
Ont toujours travaillé
Pour échapper à la misère
A la misère d'Aubervilliers
A la misère du monde entier
Gentils enfants d'Aubervilliers
Gentils enfants des prolétaires
Gentils enfants de la misère
Gentils enfants du monde entier
Gentils enfants d'Aubervilliers
C'est les vacances et c'est l'été
Mais pour vous le bord de la mer
La côte d'azur et le grand air

C'est la poussière d'Aubervilliers
Et vous jetez sur le pavé
Les pauvres dés de la misère
Et de l'enfance désœuvrée
Et qui pourrait vous en blâmer
Gentils enfants d'Aubervilliers
Gentils enfants des prolétaires
Gentils enfants de la misère
Gentils enfants d'Aubervilliers.

II

CHANSON DE L'EAU

Furtive comme un petit rat
Un petit rat d'Aubervilliers
Comme la misère qui court les rues
Les petites rues d'Aubervilliers
L'eau courante court sur le pavé
Sur le pavé d'Aubervilliers
Elle se dépêche
Elle est pressée
On dirait qu'elle veut échapper
Échapper à Aubervilliers
Pour s'en aller dans la campagne
Dans les prés et dans les forêts
Et raconter à ses compagnes
Les rivières les bois et les prés
Les simples rêves des ouvriers
Des ouvriers d'Aubervilliers.

III

CHANSON DE LA SEINE

La Seine a de la chance
Elle n'a pas de soucis

Elle se la coule douce
Le jour comme la nuit
Et elle sort de sa source
Tout doucement sans bruit
Et sans se faire de mousse
Sans sortir de son lit
Elle s'en va vers la mer
En passant par Paris

La Seine a de la chance
Elle n'a pas de soucis
Et quand elle se promène
Tout le long de ses quais
Avec sa belle robe verte
Et ses lumières dorées
Notre-Dame jalouse
Immobile et sévère
Du haut de toutes ses pierres
La regarde de travers
Mais la Seine s'en balance
Elle n'a pas de soucis
Elle se la coule douce
Le jour comme la nuit
Et s'en va vers Le Havre
Et s'en va vers la mer
En passant comme un rêve
Au milieu des mystères
Des misères de Paris.

LES ENFANTS QUI S'AIMENT

Les enfants qui s'aiment s'embrassent debout
Contre les portes de la nuit
Et les passants qui passent les désignent du doigt
Mais les enfants qui s'aiment
Ne sont là pour personne
Et c'est seulement leur ombre
Qui tremble dans la nuit
Excitant la rage des passants
Leur rage leur mépris leurs rires et leur envie
Les enfants qui s'aiment ne sont là pour personne
Ils sont ailleurs bien plus loin que la nuit
Bien plus haut que le jour
Dans l'éblouissante clarté de leur premier amour.

L'ENSEIGNEMENT LIBRE

En entendant parler
d'une société sans classes
l'enfant rêve
d'un monde buissonnier

Et c'est avec une bienveillante indifférence
qu'il sourit
lorsque le professeur de Vive la France
lui apprend qu'il est le dernier

Et quand le même éducateur
lui prêche son grand Crédit-Crédo
l'enfant ne comprend pas un prêtre-mot
à toutes ses homélies-mélo
et ne prête aucune attention
à toute cette Édification

Et c'est en souriant qu'il apprend
que de même qu'en Histoire de France
il est le dernier des derniers
au Catéchisme de Persévérance

Vous devriez avoir honte
lui dit le Mortificateur

Pourquoi aurais-je honte
dit l'enfant

Ne m'avez-vous pas dit vous-même

et il n'y a pas si longtemps
Les derniers seront les premiers

Alors j'attends.

LOS OLVIDADOS

La dernière fois que j'ai vu Luis Bunuel
c'était à New York en 1938 et en Amérique du Nord
Je l'ai vu avant-hier soir à Cannes
de très loin et de très près
Il n'a pas changé

Luis Bunuel n'est pas montreur d'ombres
d'ombres ensoutanées
d'ombres consolantes consolées
et confortablement martyrisées
Et comme il y a des années
le massacre des innocents le blesse et le révolte
lucidement
généreusement
sans qu'il éprouve le moins du meilleur monde la salutaire
    nécessité d'un bouc émissaire planté en croix pour le
    légitimer
ce massacre
Luis Bunuel n'est pas un montreur d'ombres
plutôt un montreur de soleils
mais
même quand ces soleils sont sanglants
il les montre
innocemment

Olvidados
los olvidados

Quand on ne connaît pas la langue
on croirait des arbres heureux
los olvidados
des platanes ou des oliviers

Los olvidados
petites plantes errantes
des faubourgs de Mexico-City
prématurément arrachées
au ventre de leur mère
au ventre de la terre
et de la misère
Los olvidados
enfants trop tôt adolescents
enfants oubliés
relégués
pas souhaités
Los olvidados
la vie n'a pas eu le temps de les caresser
Alors ils en veulent à la vie
et vivent avec elle à couteaux tirés
Les couteaux
que le monde adulte et manufacturé
leur a très vite enfoncés
dans un cœur
qui fastueusement généreusement et heureusement
battait
Et ces couteaux
ils les arrachent eux-mêmes de leur poitrine trop tôt glacée
et ils frappent au hasard
au petit malheur
entre eux
à tort et à travers
pour se réchauffer un peu
Et ils tombent
publiquement
en plein soleil
mortellement frappés

Los olvidados
enfants aimants et mal aimés
assassins adolescents
assassinés
Mais
au milieu d'une fête foraine
un enfant épargné
sur un manège errant
sourit un instant en tournant
Et son sourire c'est le soleil
qui se couche et se lève en même temps

Et le beau monde grinçant des officielles festivités
illuminé par ce sourire
embelli par ce soleil
respire lui aussi un instant
et un petit peu jaloux
se tait

La dernière fois que j'ai vu Luis Bunuel
c'était à Cannes un soir sur la Croisette en pleine misère à
    Mexico-City
Et tous ces enfants qui mouraient atrocement sur l'écran
étaient encore bien plus vivants que beaucoup parmi les
    invités.

LORSQU'UN VIVANT SE TUE..

Lorsqu'un vivant se tue, c'est chez les vivants, une grande effervescence.

Comme lorsque la maison flambe, qu'on baptise le petit ou qu'on écrase le chat avec la voiture d'enfant par inadvertance.

— Nous le voyions si souvent, le sourire aux lèvres et le verre à la main, et il s'est tué lui-même, c'est à peine croyable...

— Et pour quelle raison?...

Et tous de trouver les réponses.

Singulière et peu vivante question, singulières et peu vivantes réponses.

Souvent, les hommes réclament ce qu'ils appellent la Vérité : avec incohérence, mais avidement leurs yeux supplient qu'on leur mente. Beaucoup parmi eux vivent de simulacres et ces simulacres leur sont plus indispensables que le pain, l'eau, le vin, l'amour ou les lacets de leurs chaussures.

Par chance et malchance et par concours de circonstances, enfance privilégiée, chute sur la tête, enfin n'importe quoi, celui qui veut et qui peut échapper à cette affreuse façon de vivre et qui sait qu'au-delà du quai les tickets sont tout de même valables, puisqu'il n'a pas pris de ticket essaye de vivre autrement, essaye de vivre vivant.

Parfois il réussit.

Et comme l'autre prouvait le mouvement en marchant il prouve le bonheur en étant heureux.

Et il s'habitue à cette vie.

Mais presque tout s'unit contre les vivants vivants.

Et c'est le chœur des méprisants : « Regardez celui-là, il se laisse vivre et il ne donne pas ses Raisons! »

Parfois le vivant en a marre.

Parfois un être qui adore la vie se tue tout vif et sourit à la vie en mourant.

Le cheval calculateur qui se tue en pleine représentation, en pleine piste, le public suppose qu'il a fait une erreur dans ses chiffres et qu'il ne peut supporter un pareil déshonneur.

Brave cheval calculateur!

Tout petit, quand, à coups de fouet, on t'apprenait à faire semblant de compter, déjà tu pensais à mourir, mais personne ne le savait.

LE NOYÉ

Pendant un temps donné
retrouvé
oublié
Il parlait de sa mort
et il en parlait comme si de rien n'était
Et puis après il l'oubliait
Et puis avant dans le même temps
elle revenait
Il ne la trouvait pas mauvaise
un goût d'autrefois
un goût d'un certain temps
Pourtant
c'était la mort à venir
et elle allait et elle venait
partant et revenant
en même temps que la vie
Quelle était cette personne
installée là déjà comme chez elle
en lui
et peut-être jolie
C'était peut-être aussi tout simplement la vie
maquillée pour un temps donné
donné n'importe où par n'importe quoi pour n'importe qui
C'était peut-être aussi la nuit belle comme le jour
c'était peut-être sûrement le jour beau comme la nuit
c'était déjà peut-être l'avenir déjà fini

c'était encore peut-être tout le monde travesti pour les rares
    jours de fête de ce monde qu'on oublie
Pour le noyé la mort c'est la mer
Et pour la mer le noyé c'est peut-être un peu de sa vie
Mais
si vous demandez au noyé ce qu'il pense de la mer
Si vous lui demandez son avis
sur la vie de la mort et l'amour de la vie
sur la mort de la vie
sur la vie de l'amour
la plus légère écume des vagues de cette mer
du plus lointain de ses nouvelles et si vieilles rivières
sourit sans vous répondre à vous
sans répondre pour lui
sans répondre de lui.

DE GRANDS COCHERS...

De grands cochers intègres
et protecteurs des bêtes
sur le siège du carrosse
où leurs fesses sont posées
agitent au bout d'une perche
une carotte pourpre
et les cochers stimulent
les centaures attelés
en poussant de grands cris
Vive la liberté
Et les centaures galopent
éblouis enivrés
route de la révolte
sans jamais s'arrêter.

LE DERNIER CARRÉ

Un alcoolonel d'infanterie tropicale
frappé d'hémiplégie anale
s'écroule dans le tourniquet aux tickets
bloquant à lui seul
l'entrée de toute une exposition coloniale

Ses dernières paroles
Ils ne passeront pas.

LES MYSTÈRES
DE
SAINT-PHILIPPE DU ROULE

Poursuivi par une chaisière
un bâton de chaise s'enfuit
pour aller vivre sa vie
Un fidèle distrait va s'asseoir
sur la chaise maintenant à trois pieds
Il s'écroule
On le relève à la fin de la Messe
le tronc fracturé
Et de ce tronc s'échappent des milliers de pièces de monnaie
   qui roulent sur les dalles
Un vrai scandale !

SUR LE CHAMP

Somnambule en plein midi
je traverse le champ de manœuvres
où les hommes apprennent à mourir
Empêtré dans les draps du rêve
je titube comme un homme ivre
Tiens un revenant dit le commandant
Non
un réfractaire seulement
dit le capitaine
En temps de guerre son affaire est claire
dit le lieutenant
d'autant plus qu'il n'est pas vêtu correctement
Pour un réfractaire
un costume de planches
c'est l'habit réglementaire
dit le commandant
Une grande planche dessus
une grande planche dessous
une plus petite du côté des pieds
une plus petite du côté de la tête
tout simplement

Excusez-moi
je ne faisais que passer
je dormais quand le clairon a sonné
Et il fait si beau dans mon rêve

que depuis le début de la guerre
je fais jour et nuit la grasse matinée
Le commandant dit
Donnez-lui un cheval une hache un canon un lance-
    flammes un cure-dent un tournevis
Mais qu'il fasse son devoir sur le champ

Je n'ai jamais su faire mon devoir
je n'ai jamais su apprendre une leçon
Mais donnez-moi un cheval
je le mènerai à l'abreuvoir
Donnez-moi aussi un canon
je le boirai avec les amis
Donnez-moi...
et puis je ne vous demande rien
je ne suis pas réglementaire
le casse-pipe n'est pas mon affaire

Moi je n'ai qu'une petite pipe
une petite pipe en terre
en terre réfractaire
et j'y tiens
Laissez-moi poursuivre mon chemin
en la fumant
soir et matin

Je ne suis pas réglementaire
Sur le sentier de votre guerre
je fume
mon petit calumet de paix
Inutile de vous mettre en colère
je ne vous demande pas de cendrier.

ON

C'est un mardi vers quatre heures de l'après-midi
au mois de Février
dans une cuisine
il y a une bonne qui vient d'être humiliée
Au fond d'elle-même
quelque chose qui était encore intact
vient d'être abîmé
saccagé
Quelque chose qui était encore vivant
et qui silencieusement riait
Mais
on est entré
on a dit un mot blessant
à propos d'un objet cassé
et la chose qui était encore capable de rire
s'est arrêtée de rire à tout jamais
Et la bonne reste figée
figée devant l'évier
et puis elle se met à trembler
Mais il ne faut pas qu'elle commence à pleurer
Si elle commençait à pleurer
la bonne à tout faire
elle sait bien qu'elle ne pourrait rien faire
pour s'arrêter
Elle porte en elle une si grande misère
elle la porte depuis si longtemps

comme un enfant mort mais tout de même encore un petit
    peu vivant
Elle sait bien
que la première larme versée
toutes les autres larmes viendraient
et cela ferait un tel vacarme
qu'on ne pourrait le supporter
et qu'on la chasserait
et que cet enfant mourrait tout à fait

Alors elle se tait.

UN HOMME ET UN CHIEN

Sur la table, l'assiette, sur l'assiette, un fromage.

L'homme s'habitue aux choses et si on lui dit que le fromage est un monde, un monde aussi curieux qu'un autre, il éclate de rire tristement et la bouche pleine de ce qu'il mange, continue à rire en mangeant. Puis, pour se rassurer, il appelle le fromage par son nom de famille. Gruyère ou bien Cantal.

Le Gruyère est troué, le Cantal c'est un pays, une province.

L'homme est renseigné, rassuré.

Habitué depuis toujours à confondre vautour avec alentour et une palourde avec une autre palourde, habitué à se tromper, préférant souvent dans son choix la morte à la vivante, habitué à en tomber malade, habitué à se réunir avec les autres qui, eux aussi, en sont tombés malades, habitué à se rendre avec eux en longs cortèges plaintifs et mornes et résignés à la grande Basilique de Notre-Dame-de-la-Palourde, habitué à en revenir guéri, habitué à en mourir, habitué, habité d'habitudes. Hanté.

Ils étaient quatre dans la salle à manger de l'hôtel, c'était au bord de la mer et c'est pour cela que plus haut les palourdes sont prises en exemple.

Quatre.

Le fromage, le pain et l'homme et puis un chien.

Sans parler des autres, le vent dans les branches, les

193

poissons séchés sur le mur, les pêcheurs dans leurs barques et leurs barques sur la mer.

Ils étaient quatre à côté des assiettes, des verres et des fourchettes.

Et des couteaux.

Simples accessoires, ustensiles familiers qui pourtant gardaient leur indépendance, leur personnalité.

Ceci se passant en Bretagne, il convient de noter que malgré le passage d'une procession devant la fenêtre grande ouverte, malgré les chants des prêtres et l'ombre de la croix, les couverts s'obstinèrent à rester couverts.

Pas le moindre changement dans leur plus simple comportement.

Couverts.

Couteaux, fourchettes, cuillers, grandes et petites, objets simples, utiles et raisonnables, à cause de votre attitude en cette circonstance, je pense souvent à vous avec respect.

Couverts.

Cuillers, fourchettes, petits et grands couteaux, je vous tire le chapeau.

Le chien n'était à personne, aussi était-il entré là, comme chez lui.

Le vent du large, d'accord avec la porte, lui avait frayé un passage.

Venant de très loin, l'homme avait très faim.

Disparition du fromage et disparition du pain.

Et le chien assis sur le sol regarde l'homme assis sur sa chaise.

Largesse, largesse!

D'un geste large et large l'homme jette au chien les croûtes du fromage.

Oh! le bon, le brave chien.

Sa queue n'a pas le temps nécessaire pour remuer de joie et de reconnaissance que déjà les croûtes sont mangées.

Mais son regard plaintif est si doux que l'homme en est ému jusqu'au plus profond de lui-même.

Et l'homme se lève et s'en va.

194

Et le chien le suit.

Partout maintenant, le chien suit l'homme, qui s'habitue à lui, et devient son maître, voyant que le chien le suit.

Partout, par le soleil, dans l'ombre ou sous la pluie, dans les bureaux de poste, les places et les jardins publics, l'humain marche la canne à la main avec derrière lui, son chien.

« Mon bon, mon brave et bon vieux chien, toi seul peux me comprendre, mon bon vieux fidèle chien! »

Parfois il se retourne, inquiet, mais son inquiétude se calme, comme il voit toujours derrière lui, son ombre de viande inférieure, son chien qui souffle mais toujours le suit.

Le Maître est laid mais le chien fait le beau!

Une femme s'arrête et lui flatte le museau.

L'homme sourit et la femme dit son prix.

Et voilà le Maître nu avec la femme nue.

Et voilà le chien seul couché sur le tapis.

Le matin, l'homme se lève, s'habille, met l'argent sur la cheminée, cependant que la femme dort encore ou feint de dormir, rêvant à de vrais plaisirs.

L'homme cogne du pied le chien qui dormait, et bientôt les voilà tous deux dehors sous la pluie.

Une autre femme passe, une chienne en laisse.

L'homme hâte le pas sans regarder la femme qui, elle non plus, ne le regarde pas.

La chienne s'arrête un instant, sans doute à cause du chien.

Mais le chien suit son maître qui ne cesse de presser le pas.

Et le temps fait ses tours de passe-passe, quelques mois, quelques années, la nouvelle lune, le nouvel an et tout de suite, très vite, les plus récents souvenirs du plus ancien des temps.

L'homme vieillit et toujours son chien le suit, et le suit et le suit et ainsi de suite toujours le suit.

Un jour, l'homme fait plusieurs fois le signe de la croix,

tout en faisant plusieurs fois le tour de sa chambre, se rappelant de très tristes choses d'autrefois.

« Sans doute », sans trop savoir pourquoi, le chien se prend à hurler à la mort.

Et l'homme, sans trop vouloir savoir pourquoi, roue de coups le chien, l'assomme, l'achève et le jette dehors.

Sortant quelques heures plus tard, et voyant que le bon chien ne remue plus et se tait, il se sent soudain tout d'un coup réconforté.

« C'était pour lui qu'il hurlait, pour son petit compte personnel, maintenant tout va bien, il ne hurlera jamais plus. »

Et des voisins lui disent : « Comme vous êtes pâle et amaigri, comme vous avez terriblement vieilli ! »

« Hélas, mon pauvre vieux chien est mort, mort de sa belle mort, c'est une affaire entendue, mais j'ai tout de même trop de peine, alors n'en parlons plus ! »

Un peu plus tard, un peu plus loin, sur une route, un grand soleil brille et l'homme claque des dents, se prend à trembler, à dire quelques mots tout seul en essayant vainement de se persuader que ce n'est pas là ses dernières paroles.

Et tombe.

Pris définitivement par le dernier sommeil du Juste.

Les reins brisés, la queue cassée, les yeux légèrement déplacés, le bon chien qui lui, n'était pas complètement tout à fait mort, retrouve à la trace son Maître qui, sur la route, en plein soleil, silencieusement se vide.

Non loin de là, la croix d'un calvaire de pierre.

Et le bon chien ne la regarde pas.

Il n'aboie pas que tout est poussière, reste là silencieux et flaire. « On dirait qu'il pleure », dit une dame qui traversait la route, un arrosoir à la main, s'en allant au cimetière.

Mais le chien ne s'occupe pas de la dame à l'arrosoir.

Le chien flaire.

L'homme au pain et au fromage est couché sur la terre.

Mais alors surgit un Chinois au veston défraîchi.

Il met le chien dans un sac.

Un peu plus tard, le Chinois pousse la porte d'une misérable chambre d'un misérable hôtel.

« Quelle surprise nous apportes-tu? » dit sa femme, une Chinoise au sourire malade.

Elle est couchée sur un vieux lit, une casserole est posée sur une chaise.

Et deux enfants se précipitent vers le sac.

« Quelle surprise nous apportes-tu? » demandent les fils du fils du Ciel, se cramponnant aux genoux de leur père. « Allumez les dernières bougies, aujourd'hui c'est la fête, je vous apporte un chien mort! »

C'est le soir, et la femme souriante qui doit mourir le lendemain fait avec son mari et ses enfants un dernier festin comme en Chine.

SANG ET PLUMES

Alouette du souvenir
c'est ton sang qui coule
et non pas le mien
Alouette du souvenir
j'ai serré mon poing
Alouette du souvenir
oiseau mort joli
tu n'aurais pas dû venir
manger dans ma main
les graines de l'oubli.

LE COUP D'ÉTAT

(épisode)

Le signal est donné
Un aide de camp au bec-de-lièvre à la royale
prend place sur l'impériale
et l'autobus fout le camp

Sortant d'un urinoir
pas très loin du métro Barbès-Rochechouart
un grand amiral mort
et pédéraste notoire
de son vivant
assis en amazone sur un centaure alezan dont la robe d'un
    rouge jaunâtre offre un contraste étonnant avec le visage
    de plâtre du vieux loup de mer jadis séduisant rit à se
    décrocher la mâchoire de toute sa dernière dent

Derrière lui
sortant de la théière
de beaux hermaphrodites demi brune demi blond avec des
    lueurs insolites dans leur regard de lampe pigeon agitant
    des lampions éteints et dépliant précautionneusement de
    minuscules étendards
lui filent le train à tâtons dans la pénombre sur le trottoir
silencieusement
pédestrement
précautionneusement
Rue de Berri

la duchesse déguisée en biberon
attend le signal de la conjuration
Un coup de tocsin c'est oui
Trois coups de tocsin c'est non
Deux coups de tocsin
c'est
peut-être
attendons

L'amiral mort arrive avec tous ses mignons
Il salue la duchesse
et parle à marée basse

Nous appareillons...

La duchesse dure d'oreille du haut de son tank camouflé en
    voiture de laitier croit comprendre que l'amiral a les
    oreillons
Mauvais présage pour la conjuration

Le tocsin sonne à Saint-Germain-l'Auxerrois
Mais la duchesse s'en va toujours vêtue en biberon avec son
    chambellan costumé en nourrice et le Préfet de Police
    maquillé en moutard de Dijon

Bientôt
sur le carreau des Halles
en rang d'oignons
une armée de culs-de-jatte claque soudain des talons
Un vieillard maniaque échange le mot de passe avec un
    bœuf bourguignon

Les drapeaux sont en berne
Les melons sont sous cloche
Le tocsin a sonné
Le sort en est jeté

Au large de l'Ile Saint-Louis
Il y a une entrevue du camp du Drap d'Or avec des braseros
    sur tous les radeaux
Au loin dans une grande usine à génuflexions on entend la
    complainte des Dames du bon ton
Et l'on fait les présentations
Le Général de Brabalant
Ces Messieurs de l'Élite et rois de la cité les uns avec leur
    double d'autres avec leur moitié
Des Princes de l'Église et leurs grands couturiers
Arrêtons l'énumération
car l'inquiétude soudain s'empare des conjurés
Bien entendu le tocsin a sonné c'est un fait mais nul ne sait
    au juste combien de fois
Il a sonné une fois ou sonné deux fois ou sonné trois ou
    quatre fois
Oui vraiment le signal a été donné le tocsin a beaucoup
    sonné mais tout le monde a peur de s'être un peu
    trompé...

Enfin une bonne nouvelle
Un bateau de la brigade fluviale arrive à toute vitesse tous
    feux éteints venant de l'Institut Médico-Légal
Mais dans la lueur des braseros on peut très bien distinguer
    debout à l'avant de ce bateau un officier de Paix tenant à
    bout de bras une urne dorée

Le bateau disparaît

Mais les conjurés sont rassurés
Parce que sans aucun doute et selon le protocole de la
    conjuration le cœur de l'Aiglon vient d'être récupéré
Et le Général de Brabalant saisit précautionneusement
    l'Éloquence par le cou et le lui tord subrepticement
Puis d'un commun accord avec l'amiral mort et sous la
    dictée d'un homme de lettres d'immense renom avant
    même de l'avoir commencée achève la Proclamation

... Et comme nous avons déjà le cœur sous la main bientôt nous aurons les serres le bec le gésier et le petit jabot et quand le glorieux symbole sera reconstitué dans sa glorieuse et intégrale intégrité nous pourrons encore une fois et de nos propres ailes voler vers notre ancestrale destinée.

SAINT-PAUL-DE-VENCE

(ORIGINES)

Sur le chemin de Damas se trouve tout naturellement Saint-Paul (Alpes-Maritimes), puisque tous les chemins se mêlent avant d'aboutir tous ensemble à Rome.

Saint Paul, paraît-il, vota autrefois le martyre de Saint-Étienne (manufactures de cycles et armes). Sous le nom plus modeste de Saul il persécuta d'abord de nombreux chrétiens et entre-temps perdit la vue, mais tout en larmes le pauvre Saul pleureur, sur la route de Damas de Vence fut soudain éclairé d'une flamme divine et intérieure. Et recouvra la vue.

En reconnaissance, il fut consacré Saint Paul mais son saint ministère fut plusieurs fois renversé.

Il fut même incarcéré par Néron qui, en 62, procéda à sa libération.

Par la suite, il subit d'autres persécutions et entreprit de nombreux voyages.

Il créa de nombreuses églises et fut appelé aussi Apôtre des Gentils.

Sur ces entre-fêtes, un jour, sur la route d'Ostie, on lui trancha la tête.

Sans doute avec une ache.

NOTE

A cette époque-là, le mot Hostie s'écrivait Ostie et rien ne nous prouve que le mot Ache s'écrivait Hache.

Mais rien ne permet de ne pas soutenir que c'est à cette époque édifiante en diable et naturellement en Dieu que fut poussé pour la première fois le cri de « Mort aux aches ».

GENS DE PLUME

Dans cette ville, les gens de plume ou oiseaux rares faisaient leur numéro dans une identique volière.

A très peu de choses près, c'était le même numéro.

Les uns écrivaient sur les autres, les autres écrivaient sur les uns. Mais « en réalité » la plupart d'entre eux n'écrivaient que sous eux.

Quand ils volaient, ou accomplissaient le simulacre de voler, avec ailes de géant et grands Pégazogènes, c'était toujours dans les Hauts Lieux où, paraît-il, souffle l'esprit.

Ils parlaient beaucoup entre eux.

Coiffés d'un grand éteignoir noir, auréolés d'une lumière indiciblement blême.
Ils ne parlaient que d'eux et que d'œufs :
— Qu'avez-vous pondu, cher ami, cette année?
Et ainsi de suite et pareillement dans un langage analogue.
Dès qu'on annonçait une omelette, ils venaient casser leurs œufs.

Certains d'entre eux portaient de grandes manchettes et n'écrivaient que sur elles.

Les jours de fête à la Nouvelle Oisellerie Française on leur jetait parfois des graines, on leur offrait un gobelet.

Dans le grand jardin, une grande foule de grands solitaires, irréductibles, inséparables et néo-grégaires se rencontrait.

Et leur agressive et inéluctable solidarité, chacun étant pour l'autre d'une inéluctable indispensabilité, donnait lieu à de très profonds entretiens musicaux où tous ces oiseaux rares donnaient de concert des solos, et l'on entendait l'unique cri du chœur de leur unique voix de tête, qui d'un commun apparent désaccord chantait le contraire des uns sur le même air que les autres et le même air des autres sur le même contraire des uns.

Mais, dans cette ville, il y avait aussi des Moineaux

QUESTION DE PRINCIPE

Question de principe. Quand je vais voir une exposition de peinture, j'emmène toujours avec moi mon directeur de conscience picturale, l'abbé Moral, le Bienheureux Curé d'Art, et chemin faisant, nous agitons des problèmes, nous échangeons des idées, nous discutons arthéologie.

J'aime les arthéologues, les gens aux idées larges, et comme nous descendions, par un bel après-midi printanier, le faubourg Saint-Honoré, dirigeant nos pas vers l'exposition Félix Labisse, je posais mille questions à l'abbé et il avait réponse à toutes.

C'est une tête.

— Que pensez-vous, l'abbé, de l'introduction du nu dans la Nouvelle peinture Néo-Chrétienne moderne?

— Du bien, mon fils, dans une certaine mesure; évidemment le priapisme est à déconseiller, mais le nu, pourquoi pas? (avec un fin sourire)... le nu abstrait, bien entendu!

— Et vous croyez que?...

— Oui, dur comme fer, je crois que nous allons vers une renaissance esthétique d'un nouveau Moyen Age primitif et que nous marchons à grands pas vers l'épanouissement d'un art peut-être un peu semi-figuratif, mais résolument opti-mystique et indéniablement transfiguratoire, transcendan-tal, conoclastique, monothéiste, et...

— ... obligatoire?

— J'allais le dire, mon fils, l'art pour tous, la commun-ion, la religion du Beau pour la forme et les beautés de la

Religion pour le fond et le Christ, mon fils — attention aux clous, nous traversons — n'était-il pas le plus grand de tous les artistes et le plus recherché des modèles par la suite? Eh oui, il a mené, à sa manière, une exemplaire Vie de Bohème et n'a-t-il pas dit lui-même : « Il faut rendre aux Beaux-Arts ce qui appartient aux Beaux-Arts!... » c'est-à-dire le feu sacré, l'étincelle divine, et si par hasard et par exemple la peinture a le feu au derrière ne commettons plus l'erreur d'appeler les Pompiers; vous avez vu ce qui est arrivé avec l'art saint-sulpicien : on était à la traîne et on avait l'air fin!

Laissons brûler la ménagerie, les fauves viendront bientôt manger dans notre main et Dieu reconnaîtra les siens... et tout le reste est littérature, peinture, sculpture et autres enluminures en ure pour éblouir, enorgueillir la créature et... la créature... Voyons, où en étais-je, ne nous égarons pas, procédons avec méthode : la thèse, l'antithèse et la sainte Thèse. Parfait, je m'apprêtais à soutenir que ce n'est point la créature qui a inventé la Beauté... (soudain extatique)... La création du monde c'est la seule et unique véritable création artistique... le miroir de l'Infini. En le créant, Dieu s'est regardé dedans et il a fait le Beau instantanément!

Et tant de choses par la suite, mon enfant! Il a tout fait, quoi, il a fait le singe, il a fait le zouave, enfin il a fait le nécessaire, l'impossible même... mais hélas...

— Mais hélas, l'abbé?

— ... il a fait le Malin!

Et le malin, mon fils... (mettant la main sur la poignée de la porte d'entrée de la galerie où sont exposées les toiles de Félix Labisse...) nous en a fait voir de toutes les couleurs!

Et comme nous pénétrions dans la galerie, l'abbé s'arrête comme par hasard devant la toile intitulée : « Le rire nu des jésuites » et hochant la tête silencieusement il fait un demi-tour onduleux et réglementairement casuistique et se retrouve, comme par hasard, du côté de la sortie.

— Alors, l'abbé, qu'est-ce que vous en pensez?

L'abbé, douloureusement catégorique :

— Ce n'est pas de la peinture!

— Qu'est-ce que c'est, alors?

— Quoi, la peinture?... Vous me demandez, mon fils, ce que c'est que la peinture?... Mais c'est tout bonnement une vérité révélée de Dieu et que nous devons croire, quoique nous ne puissions pas la comprendre!

UN BEAU JOUR...

Un beau jour
et même pour préciser
un beau matin d'été
et au beau milieu de la grand-messe
en la paroisse de Saint-Germain-des-Prés
(ou bien de Saint-Eustache de Saint-Pierre à Briquet)
on entendit soudain
une voix qui s'élevait avec une telle détresse
que tous les fidèles s'arrêtèrent de prier
Et cette voix
dominant les grandes orgues et les chants en latin
c'était la voix même
de la désespérance et de l'adversité
Mais
il faut bien pourtant reconnaître en outre
qu'elle était prodigieusement et incontestablement avinée
Allô Allô
Allô voyons...
donnez-moi les Réclamations...
Allô Allô
J'ai demandé Dieu le Père zéro zéro zéro
Allons bon pas libre
Naturellement ça m'aurait étonné
alors donnez-moi Louis XVI quatre-vingt-neuf quatre-
    vingt-treize
allô Louis XVI

ici un fidèle lecteur de l'Action Française
allô Louis XVI allô
ah les vaches ils ont coupé...
Vous imaginez chers lecteurs
la tête des chers auditeurs
leur émotion et leur stupeur
Un scandale sans pareil en pleine génuflexion
Et la voix réclamait sans cesse
réclamait les Réclamations
interrompant la messe et le Tutti cantique
Allô Allô
assez d'histoires et de tergiversations
assez de politique de mic macs et de trafiques
Vox Populi Vox Dei
c'est vous qui l'avez dit
Passez-moi les Réclamations...

Donnez-moi la Sainte Chapelle la Sainte Trinité l'Incarna-
    tion la Rédemption la Police Judiciaire le Palais de
    Justice la Grande Chartreuse Saint-Émilion
Allô Allô
Donnez-moi Lourdes la Basilique
Donnez-moi l'Absolution
Hein quoi pas libre
ça m'aurait étonné
alors sacré nom de Dieu
donnez-moi les Réclamations
puisque je me tue à vous dire
qu'il y a de l'intrigue et des fausses accusations
C'est une honte ce qu'a dit le vicaire
qui parle de malversations
Et je le jure sur la Sainte-Mère que c'est pas moi qui ai
    fracturé le tronc et c'est pareil pour le Denier de Saint-
    Pierre de la pure diffamation puis des vicaires comme ça
    des vipères moi que j'appelle ça par-fai-te-ment une vraie
    langue de vicaire qu'il a cette vipère-là et puis est-ce que
    je m'occupe si lui et la chaisière font les quatre cents
    coups du diable dans le grand placard aux chasubles et

pourquoi que la chaisière l'appellerait mon petit bâton s'y
avait pas fornication et c'est comme l'histoire des cierges
est-ce que c'est ma faute à moi s'il y a du coulage à
l'autel de la Vierge...
Allô allô
puisque je vous dis qu'il y a de la diffamation
Vous croyez pas non
que je vais attendre le Jugement dernier
pour obtenir satisfaction
Allô allô
donnez-moi les Réparations
la Cour de Cassation...

Bref
c'était le Suisse
le Suisse embringué dans une sale histoire
d'argent des pauvres volatilisé
de couronnes mortuaires escamotées
de vin de messe mouillé
d'enfants de chœur souillés
et de vieilles punaises de cathédrales et grenouilles de
    bénitiers escroquées en viager
Le Suisse écœuré des intrigues des hommes
et qui dans un élan d'égarement sublime
et saoul comme trente-six bourriques
décidait d'en appeler à la justice divine
Le Suisse
enfermé dans un confessionnal
qu'il avait pris pour la cabine téléphonique
et qui jetait inconsidérablement la panique
dans le Cérémonial...
Évidemment
ce regrettable et fâcheux incident
est un incident d'avant-guerre
comme hélas il en arrivait tant
au temps où les Français ne s'entendaient pas entre eux
Mais aujourd'hui qu'ils sont unis
par les liens sacrés du carnage

et que le monde entier est devenu comme eux
bien exemplaire bien héroïque et bien vertueux
espérons et prions Dieu
de ne jamais revoir d'événements aussi fâcheux
sous la calotte des cieux
Bref
et à quoi bon le cacher
cette désolante et déprimante anecdote
me fait vraiment penser
aux dessins de Maurice Henry
qui lui aussi
comme le Suisse
mais pour des raisons plus heureuses et plus valables
jette aussi à sa manière
la panique dans le Cérémonial.

PARFOIS LE BALAYEUR...

Parfois le balayeur
poursuivant désespérément
son abominable labeur
parmi les poussiéreuses ruines
d'une crapuleuse exposition coloniale
s'arrête émerveillé
devant d'extraordinaires statues
de feuillage et de fleurs
qui représentent à s'y méprendre
des rêves
des crimes des fêtes des lueurs
des femmes nues une rivière l'aurore et le bonheur
et le rire et puis le désir
des oiseaux et des arbres
ou bien la lune l'amour le soleil et la mort
Étranges monuments de l'instant même
élevés à la moindre des choses
par des indigènes heureux
et malheureux
et laissés là
généreusement offerts au hasard et au vent
ces statues se dressent
devant le balayeur qui n'en croit pas ses yeux
et qui met la main sur son cœur
en se sentant soudain
inexplicablement heureux

Et les statues balancent doucement
dans l'oseille du soleil couchant
leurs jolis corps de filles noires
drapés de pavots rouges et blancs
Et la statue du vent
toute nue derrière les statues d'arbres
fait retentir le bienveillant vacarme
de l'espace et du temps
Et la statue enfant terrifie le gendarme
par la seule grâce de son chant
et la lune bat la campagne
avec son grand fléau d'argent
Et le balayeur sourit
bercé et caressé
par la statue qui représente la fraîcheur de la vie
Et moi quand je regarde les tableaux de Paul Klee
je suis comme ce balayeur
reconnaissant
émerveillé
ravi.

DANS CE TEMPS-LÀ...

Minuscule
un homme est touché par la grasse matinée
Miniature
dans leur lit une fille nue est couchée
Et l'homme porte une petite tonsure
mais il n'est pas transfiguré
la fille non plus
Ce sont deux figures d'un ballet d'images
de dans le Temps
Deux figurants parmi tant d'autres
d'un théâtre du Moyen Age
sans musique de chambre ardente
sans écorchés trop vifs
Dans le ciel de leur lit il n'y a pas d'orage
Simplement des astres marrants
enluminant les décors et les coulisses des Contes de Boccace.
Et ce n'est pas un Mystère archaïque
Simplement un merveilleux vaudeville multicolore et cathé-
    drolatique
où le beau Père Éternel ne fait aucune apparition aucune
    disparition et se borne en bon Deus ex machiniste à tirer
    de temps en temps et même à l'improviste les ficelles des
    alcôves de la pluie et du beau temps

Évidemment
ce n'est plus l'Éden

et ce n'est pas encore le Paradis céleste
Et dehors et déjà
et ailleurs en sourdine

la Mort dans l'Ame exécute en trompe l'œil et en perce
l'oreille dans le trou du souffleur la salutaire danse
macabre des fins dernières de l'homme sans oublier la
femme

Et le tic-tac exemplairement maléfique de ses petites jambes
de bois mort dans ses hauts-de-chausses vernis rappelle
dans l'ombre à l'ordre tous ces mauvais bergers et ces
jolies bergères prêts aux cent mille folies

Car

dans ce temps-là tout comme à notre époque néo-épique sur
cette terre adulte où l'adultère est toujours en vedette
dans tout divertissement qui se respecte bien
la chaleur animale se doit de céder le pas au respect humain
et comme toute œuvre de chair et d'os se doit de n'être
désirée qu'en raison du mariage
toute œuvre d'art se doit de n'être désirée et réalisée qu'en
mariage avec la Raison

Mais le désir n'est pas un ange
ni un sage qui détient les fausses clefs des songes
Ni un sphinx
qui sans cesse remet le monde en question et le retourne sur
le gril de sa vorace érudition
Quels sont vos moyens d'existence et puis ensuite pourquoi
existez-vous et puis d'abord comment existez-vous et
finalement existez-vous vraiment réellement objective-
ment concrètement subjectivement abstraitement méta-
physiquement perpendiculairement légalement idéolo-
giquement spirituellement matériellement
Et si oui
quel est votre matériel idéal de vie
Mais vous ne répondez rien à celui qui a question à tout ou
si peu de choses que ce n'est pas la peine que nous les
écoutions et votre court silence en dit plus long que le plus

long discours et si votre réponse est mauvaise votre
compte lui est bon
Donc vous n'existez pas tous autant que vous êtes ou que
vous faites semblant
ou si peu qu'à peine j'en ai dévoré un que déjà j'en ai faim
d'un autre
Et maintenant passons
trépassons au suivant
Je vais vous apprendre à exister moi
et réglementairement
et nécrologiquement
Un sphinx à qui la seule réponse à faire est celle-ci
La soupe est bonne général Sphinx
tout en gardant la main à la visière du képi du chapeau de la
casquette ou de la tête
et le regard fixe

Le désir lui est un phénix
un oiseau qui le jour des cendres
dessine dans l'air du temps
tous les nouveaux jets d'eau
des plus vieilles flammes du vent
et ses rêves sont réels ses secrets sont secrets
et ses chants sont charmants
et il chante encore aujourd'hui
comme autrefois très loin
comme jadis dès demain
la longévité de l'espace
et la vitalité du temps
Et il chante pendant la minute de silence
et pendant les heures les siècles les mois et les années du
silence éternel de l'éphémère éternité
Et il ne se tait que pour écouter
le refrain saisonnier d'une marchande de quat'saisons

On peut très bien être été
et avoir été été
et s'en aller et revenir

au printemps de l'automne
en hiver en beauté

Et parfois il accompagne des enfants et des femmes et des
musiciens et des peintres
qui n'obéissent comme lui qu'à une heureuse nécessité
Et c'est pour cela qu'on peut toujours entendre la voix du
désir même s'il se tait en accompagnant la musique des
dessins de Chagall qui accompagnent ces simples et
mystérieuses images médiévales
Car dans ce temps-là Chagall est comme chez lui autrefois
de nos jours et des vôtres aussi

Parfois la lanterne magique des peintres tourne comme un
moulin et c'est toujours la plus belle eau qui baigne le
tableau
Et ce moulin tourne dans le sens contraire des aiguilles
d'une montre dans tous les grains contraires du sable d'un
sablier et dans toute l'intensité des contraires des cadrans
lunaires et solaires
Et les images les dessins les peintures de ces peintres ne se
ressemblent pas davantage que les différentes gouttes
d'eau d'une vague jamais pareille à l'autre dans un raz de
marée ou les dernières gouttes d'une citerne dans un
désert abandonné ou celles d'une rivière d'un lac d'un
mascaret
Ou celles des écluses du Louvre quand on entend la
trompette de Géricault annonçant nuit et jour aux
naufragés l'ouverture et la fermeture du musée sur une
mer d'huile de palettes de pinceaux et de très beaux os de
seiches appelés couteaux des oiseaux
Mais tout près et très loin les uns des autres ces peintres
sans autres liens de parenté que l'amour de ce qu'ils
aiment et qui malgré tout les réunit font bon ménage
ensemble et même se reconnaissent comme de très vieux
et de très jeunes amis
Et sans le plus souvent prêter la moindre attention au
talentueux manège des critiques d'art d'aujourd'hui

d'avant-hier et de dorénavant qui la boussole en poche le
métronome sur table et le thermo-critère en main
cherchent le pouls de la peinture dans la tête du peintre
qui s'aventure inconsidérément devant l'entrée des
artistes de leur très savante et très dialectique ménagerie
Car ils savent bien et sans jamais l'avoir nulle part appris
qu'à force de chercher la petite bête la grosse finit par
arriver et que tôt ou tard et même les deux en même
temps la boussole de la critique d'art roule dans la sciure
mouillée et que la critique prise de panique perd le nord et
ferme boutique complètement désorientée entre l'ouest et
l'est éthique et ne revient qu'après de longues années pour
reconnaître triomphalement ce que jamais elle n'a vu ni
connu ne fût-ce qu'un tout petit instant et feindre
d'adorer avec une fort émouvante sincérité ce qu'elle a
feint de brûler rageusement inutilement
Mais les piètres figures de contredanse de la squelettique
esthétique de ces pauvres scribes accroupis marquant le
pas de l'ignorance instruite dans le faux trépidant cortège
de la connaissance picturale musicale et monumentale
n'empêchent pas la Danse d'être une danse ni la Peinture
d'être une musique ou même le portrait d'un rêve
quand ça lui chante
quand ça lui plaît

Et c'est pourquoi au Moyen Age on peut entendre encore
le poisson de feu d'une horloge
jouer du violon pour deux amoureux
sur la rive bleue d'une rivière bleue
et sur une toile de Chagall
pas très loin d'un coq rouge et d'un musicien vert
comme on peut dès maintenant
en 1911
voir une vache que l'on trait dans la mémoire d'une vache
C'est la même vache bien sûr
mais elles n'ont pas le même moyen âge
Et qui pourrait dire l'âge moyen ou canonique de ce
violoniste qui en 1908 jouait sur le toit d'une isba et dans

un château en Espagne en Russie pour un homme couché
mort au milieu d'une rue avec les grands bougeoirs de
cuivre de ses dernières trente-six chandelles
Et sans doute que ce violoniste était ivre et qu'il trinquait à
la santé du mort qui ne s'en portait pas plus mal et qu'il
chantait pour bercer la voix d'une femme qui jetait à tire
d'aile ses pauvres bras d'oiseau dans le ciel de la nuit

Le verre blanc porte bonheur
quand il est rempli de vin rouge
et quand il redevient tout blanc
dedans tout un univers bouge
Oh temps joli compère
compère de mauvais temps
Oh joli temps qu'on perd
et qu'on gagne en même temps
voilà bien de tes tours
On arrive d'où
on ne sait pas
Et l'on s'en va de-ci de-là
dans l'eau d'ici
dans l'au-delà
l'au-delà de qui
l'au-delà de quoi
Et si l'on tombe au fond d'un puits
la faute à quoi
la faute à qui
Et puis au fond du puits
la buée haletante du mensonge
ne ternit pas la lumière du jour
sur le miroir de la nuit
et la beauté toujours berce
et réveille en plein soleil
la vérité trop souvent endormie
et lui chante en couleurs
les échos de la vie

Et l'on peut les entendre aussi
comme on entend le violon de Chagall

en regardant les Contes de Boccace
si on a des yeux pour entendre
au lieu d'une oreille pour se taire
Et cela n'importe où et quelque part ailleurs
Et par exemple à La Havane on entend très bien dans une
maison d'Hemingway des pas sur un chemin traversant
une petite ferme de Miró
Ou dans la fumée d'une poterie de Vallauris l'Oiseau de feu
de Stravinsky appelant le Minotaure aux fins fonds de la
Grèce pour qu'il vienne chanter à Grenade accompagné
par la guitare de Picasso Au Clair de la lune mon ami
Piero di Cosimo et berce dans le désert de Mayenne avec
au fond le même soleil du Cœur Épris les rêves du
douanier Rousseau près de sa bohémienne endormi
Et le coup de feu du vent de la vallée du Rhône qui souffle
En même temps
sur le chapeau de Vincent à Auvers-sur-Oise un dimanche le
28 juillet 1890 les derniers feux follets de l'aurore et les
premières bougies de la nuit.

EAUX-FORTES DE PICASSO

Le Minotaure aveugle traverse un port, la nuit, guidé par une enfant aux grands yeux qui voient clair et il lève désespérément l'ombre de son regard mort vers un ciel étoilé. A gauche de la gravure, il y a un pêcheur debout près d'un feu allumé et à droite il y a des sardines qui brillent dans un filet.

Sur une autre gravure, le Minotaure n'est plus aveugle ou ne l'est pas encore, il porte autour de son large cou un collier de perles ou d'or et il boit. C'est certainement un jour de fête et ce jour-là sans aucun doute la vie est belle pour lui et il caresse sans penser à rien, de son regard bovin, divin, tous les jardins secrets des splendides filles publiques qui s'offrent si simplement et si naturellement à lui.

Et peut-être qu'il pense malgré tout à quelque chose puisque malgré tout il y a quelque chose d'humain qui remue en lui et peut-être alors qu'il pense tout simplement et tout naturellement : je bande, donc je suis !

Mais sur une autre gravure il est seul et atrocement triste et derrière son front brutal, borné et enfantin, dans sa lourde tête animale et fastueuse, la force de l'inertie et l'énergie du désespoir luttent avec acharnement mais en vain contre la très précise et très affreuse vision prémonitoire d'un destin imbécile et d'une vie sans lendemain. Spectateur fasciné de sa propre mise à mort, arrivé en avance à la corrida où sa place est réservée en plein soleil de plomb et au beau milieu du sable de l'arène ou bien dans l'ombre froide d'un abattoir modèle, il songe, de plus en plus seul et de plus en plus triste, à l'absurde bêtise des sacrifices humains et aux histoires qu'on raconte sur son compte et auxquelles il ne comprend rien : qu'il est le monstre des monstres, le grand vaurien, le fils de Minos et de Pasiphaé, l'abominable parent pauvre d'une famille de gens très aisés... et puis son frère ou son oncle, enfin quelqu'un de la famille et qu'on appelle Thésée qui doit venir lui poser les banderilles pour le punir d'avoir, paraît-il, dévoré un tas de beaux garçons et puis de jolies filles, quelque part dans une île où il n'a jamais mis les pieds.

Et tout cela est beaucoup trop compliqué pour lui et complètement égaré dans le dédale des imbroglios d'une sordide histoire de bonne famille, comme un innocent cornard dans un obsédant vaudeville de Feydeau, il pense à la drôle de bobine d'Ariane sa sœur ou sa belle-sœur et il est de plus en plus triste et seul, en exil, dans un monde dont il a perdu le fil.

En le voyant ainsi complètement abruti, terrassé par l'intolérable migraine de ses réflexions inutiles, on ne peut s'empêcher de songer irrésistiblement à son fameux ancêtre, au grand singe de bronze savant, au penseur de Rodin parqué derrière les grilles du sinistre Panthéon d'un sinistre Quartier Latin, séquestré tout au fond du grand puits cartésien.

Et Picasso lui-même, ne pouvant supporter une si déprimante analogie et saisi de compassion devant les avatars de son pauvre Minotaure, caresse d'une main fraternelle les doux cheveux bouclés de son innocent, de son monstrueux modèle et le Minotaure calmé, rassuré, reprend encore une fois goût à la vie et puis du poil de la bête en perdant encore une fois la mémoire et, comme un grand chien secouant ses puces, il secoue d'un seul coup tous les mythes de la mythologie et s'en va tranquillement sur ses pieds de derrière et tout droit devant lui.

Mais Picasso l'attend au tournant avec son burin, il faudra bien, un jour, qu'il y passe, comme les autres, ce Minotaure, et si ce n'est pas pour aujourd'hui ce sera pour demain, la mise à mort.

AUX JARDINS DE MIRÓ

Il pleut
Un drapeau de lavoir flotte sur le Château d'Art
le puzzle du Printemps jette aux chiens ses morceaux
le joli mois de Mai s'abîme dans les flots
un drapeau de buvard flotte sur le Château d'Eau
Mais
si tu es bien sage
Joan Miró
il fera beau peut-être le jour du Vernissage
Alors on te tirera le portrait
et le petit oiseau sortira
les plus belles plumes de ton chapeau
et il les posera sur la tête
et sur l'ailleurs des grands oiseaux très bien
le paon la paonne et tous les paonnaux
qui font la pluie et le beau temps mondain
dans tous les grands salons dans les grands Hauts-
Journaux dans les grands magazines et les grands magasins
Mais
la plus belle bande de paons
toujours se désempare devant le vol du geai et fait
    alternativement et respectivement d'un commun accord et
    d'un avis contraire la roue et puis la moue avant de
    prendre une décision
Et il ne suffit pas d'une statue de sel ni insolite ou si belle

soit-elle sur la queue d'un paon pour l'empêcher de
paonner
Les sculptures ce jour-là ne servent que de points de repaire
et les peintures de toiles de fond à ses évolutions et
circonvolutions
En somme
cérémonial analogue à celui des répétitions capitales exécu-
tions générales semaines pontificales grand-messes in
extenso et autres commémorations transfigurations et
pétrifications
Tout à fait comme au Jardin d'Acclimatation le jour de
l'inauguration du monument au grand Iguanodon ou
d'une autre statue à peu de chose près de même nom
Tout à fait comme à l'Exposition Coloniale quand les
amateurs désignent du doigt du connaisseur les hommes
de couleur
C'est comme cela qu'ils appellent les Noirs dans leur néo-
latin de cuisine culturelle posant inconsciemment ce doigt
osseux et blême sur leur talon d'Achille leur plaie
inavouée leur dévitalisant complexe d'exsanguité
Et toi Joan Miró
tu ressembles à ces Noirs
tu es depuis longtemps leur frère de couleur
Oui
cela fait déjà très longtemps
tant de temps
et si peu d'années
tant d'années et si peu de temps
que tu te promènes
jardinier souriant et innocent
l'oiseau jaune de chromosome sur l'épaule
dans le jardin de tes rêves
toujours perdu et toujours retrouvé
dans les herbes folles du Multicolorado
et que de loin
de vieux amis te souhaitent bon voyage
Bon voyage Joan Miró
Bon voyage en tes paysages

et rapporte-nous de là-bas des objets de là-haut

Bon voyage dans tes paysages

où l'ombre solaire d'une seule graine de tournesol suffit à réveiller au travers des persiennes de la terre une taupe endormie et soudain éblouie

où les derniers glouglous d'une bouteille renversée suffisent à dessiner sur une nappe de papier une très utile et très charmante petite bacchanale

Et c'est Bacchus au pied d'un chêne-liège et couronné de tire-bouchons qui brûle soudain toutes les stations de sa Passion pour le vin rouge les jolies filles les vraies saisons

Chlorophylle Chlorophylle

Blanc d'Espagne

Rouge de Chianti

Gris de Paris

Bleu de Chauffe

Marron d'Inde

Et ainsi de suite tant de couleurs aussi

C'est le refrain de la chanson que reprennent en chœur les bacchantes d'une voix agréablement discordante

Je bois avec l'une d'entre elles

A ta santé

Joan Miró

C'est une femme très distinguée

elle s'appelle Contenance de la Verrerie

et son nom est inscrit dans tous les catalogues de fournitures pour cafés et brasseries

Pour le reste

pour les autres

qui dressent le Calendrier des Beaux-Arts

en oubliant toujours et très précisément le facteur Cheval

laissons-les donner à penser

laissons-les épuiser la question

Il y a tellement peu de grande différence entre ceux qui écrivent l'Histoire de l'Art et les Grands Peintres d'Histoire

Chacun a sa spécialité

et il faut bien qu'il y ait des spécialistes spécialistes de
   spécialités
Et puis
chaque être
sans le savoir
qui décrit quelque chose
fait toujours en même temps son propre portrait
Et celui qui décrit ostensiblement l'Histoire de l'Art très fort
   modestement comme il sied fait nécessairement et surtout
   le sien
Et comme ses idées sont générales et même toujours
   souvent trop petit caporal
et se placent du côté du cadre
il reste là debout dans les tableaux qu'il a décrits si mal
encrépusculé dans la nostalgie du passé
en pleine couleur locale
et à perte de vue et perte de vitesse et pertes séminales
Et là il exerce son droit de péage imperturbablement sur le
   Pont-au-Change des Idées
le Bien et le Mal du Pays l'enferment dans sa Couleur Locale
où
à perte de vue toujours toujours sans cesse
il dit et pour lui-même sa triste et propre messe

Ce n'est pas à l'École des Beaux-Arbres
qu'on peut apprendre à voir
l'incendie d'une forêt
Joan Miró
Et c'est ma petite fille
avant de s'endormir
qui elle aussi un soir a fait sans le savoir
ton portrait
             « J'ai des oiseaux plein les yeux
                sûrement je vais rêver d'un jardin »
Et c'était vraiment ton portrait
Joan Miró
Ce jardin
c'est le même quelque part que le tien.

INTERMÈDE

Quand la vérité n'est pas libre la liberté n'est pas vraie :
les vérités de la police sont les vérités d'aujourd'hui.

La paix :
Deux héros du même camp se regardent de travers.

Il n'y a pas de justice :
Le premier intellectuel venu exhibe l'intérieur de sa tête...
on le fête.
La plus jolie des filles nues nous montre très simplement
son cul... on la hue.

Si ma tante en avait on l'appellerait mon oncle.

Pascal Blaise.

Le Grand Siècle :
Deux poux roulaient carrosse sous la perruque d'un roi.

Et ce roi ne voyait jamais le soleil : toutes ses fenêtres donnaient sur la Cour.

Et ce pauvre roi n'avait pas de lions dans son cirque, à Versailles.

Il en fut réduit à donner ses chrétiens aux Dragons des Cévennes.

★

Peines insulaires :
Dreyfus à l'Île du Diable, le Maréchal Pétain à l'Île d'Yeu.

★

Premières et dernières paroles d'un grand homme :
Pipi... caca... maman... papa... tombé sur la tête... Napoléon bobo...

Soldats, du haut de ces pierres humides Vingt mille lieues sous les Mers vous contemplent...

Je viens comme Thémistocle...

Je désire que mes cendres reposent auprès du peuple français que j'ai tant aimé.

Ce grand homme était aussi l'auteur d'un proéminent ouvrage monumentobiographique : le Mémorial.

En fin de compte, il aurait dû faire un dessin puisqu'il avait écrit aussi : le plus court croquis m'en dit plus long qu'un long rapport.

★

Les conquérants :
Terre... Horizon...
Terrorisons.

Vox Populi vexe Dei !

Pages rousses du petit Larose.

Le mot Bable est plus nouveau que le mot Bible et le mot Honorible plus exact que le mot Honorable.

Si cordonnier pas plus haut que la chaussure, astronome pas plus loin que la lorgnette et écrivain pas plus haut que la littérature!

Trop souvent, les blancs chantent en noir, ou en noir et blanc. Les noirs chantent en couleurs et aussi les enfants.

Parfois les enfants des esclaves étaient plus heureux que les enfants des Rois. Et il y en avait davantage.

Il y a des adultes qui jamais n'ont été des enfants.
Ces adultes ont tous les talents. D'aucuns même en sont pourris. Mais l'enfance a du génie.
Fort heureusement, quelques êtres très âgés remontent en enfance et s'éloignent vers la mort, d'un pas tranquille, léger.

Les enfants ont tout, sauf ce qu'on leur enlève.

★

La plus petite aiguille des lois de la pesante heure se soucie peu du fléau des Hauts plateaux des Grandes Balances de la Justice immanente.

Le Ministère des Finances devrait s'appeler Ministère de la Misère, puisque le Ministère de la Guerre ne s'appelle pas Ministère de la Paix.

Économie politique :
Merde à l'or !

Itinéraire :
Suivre le droit chemin pour mourir la conscience tranquille en se faisant honnêtement écraser.

Si la parole était d'argent et le silence d'or, le cri du cœur serait alors un diamant multicolore.

Quand quelqu'un dit : Je me tue à vous le dire ! laissez-le mourir.

Toutes les opinions sont respectables. Bon. C'est vous qui le dites. Moi je dis le contraire. C'est mon opinion : respectez-la donc !

La religion n'est pas l'opium du peuple : tout au plus du dross, et du pire.

★

Les religions ne sont que les trusts des Superstitions.

★

Oh! Raison funèbre!

★

... il faudrait d'abord démacabrer.

★

Hommes des hauts fourneaux, hommes des bas morceaux.

★

Cent fois sur le métier remettez votre ouvrage à demain, si on ne vous paye pas le salaire d'aujourd'hui.

★

Il faudrait essayer d'être heureux, ne serait-ce que pour donner l'exemple.

★

Même si le bonheur t'oublie un peu, ne l'oublie jamais tout à fait.

★

Le végétarien n'est pas difficile : tout ce qu'il demande, c'est une salade de trèfles à quatre feuilles.

★

Pourquoi dites-vous *la* virilité?

Inquisition :

Aujourd'hui, on pose la question de conscience. Pas question de confiance. Autrefois, à peine hier, le paysan « arriéré » disait dans son langage imagé : il n'a pas la conscience tranquille! Aujourd'hui, seule la conscience malheureuse a le droit de cité, le droit de se citer, le droit de cécité. Conscience heureuse : pas question!

Il s'agit pour ces Messieurs de questionner, de juger, d'instrumenter. Tout intellectuel digne de ce nom est nommé Juge d'Instruction.

La conscience d'aujourd'hui c'est la science des cons instruits.

★

Limitation des saints :

Surtout n'oublions pas d'envoyer les saints sans Dieu aux cinq cents Diables!

Aujourd'hui, le seul scandale c'est le bonheur.

Mais, silencieusement et sûrement, l'indifférence heureuse répond au mépris facile grimaçant.

L'être qui dort seul est bercé par tous les êtres qu'il aime, qu'il a aimés, qu'il aimera.

★

Le premier lampiste s'appelait Adam.

Tous les goûts sont dans la littérature, et aussi tous les dégoûts. Dans les recettes de cuisine littéraire, il y a toujours la goutte de vase qui fait déborder l'eau à la bouche.

★

Espace vital :
    Une des grandes misères de l'homme c'est de ne pas pouvoir se tenir dans un espace de quatre pieds carrés.

Glaise Pascal.

★

Pied : ancienne mesure de longueur d'environ 32 centimètres.

Littré.

On l'a mis dans la terre Blaise
    pour un prix exorbitant.

Aristide Bruant.

★

Temps vital : time is money...
    Aujourd'hui, personne n'a plus même les moyens d'être pauvre.

★

Nous sommes certains de choses que nous ne savons pas. Mais ce que nous ignorons est ce qui nous fait vivre, quand nous l'aimons.

★

Il ne faut pas trop confondre le savoir-faire avec le faire-savoir. Ou alors le bien-être tourne en mauvais avoir.

★

Athéologie :

Il n'y a jamais rien... Moralité : il y a toujours quelque chose (ce qui ne veut pas dire Quelqu'un).

★

La vie au grand air :

... et c'est toujours la lutte, parfois souvent heureuse, de ceux qui ont l'air de rien contre ceux qui veulent avoir l'air de tout.

★

En avant, arche !

... et aucune bête ne fut oubliée, dans l'arche de Noé, ni le cobra, ni la punaise, ni le cygne de Léda ni le phylloxéra des vignes du Seigneur et le pou eut le droit d'embarquer sa vermine personnelle...

Au bureau des plaintes :

Un monsieur blasé (parlant en aparté) : Hélas ! Il n'y a rien de nouveau sous le soleil !

Un autre monsieur blasé (de même, soliloquant de son côté) : Du nouveau... encore du nouveau...... toujours du nouveau.......... Quand est-ce donc que ça va changer !

Une pluie de larmes ne peut rien contre la sécheresse du cœur.

Pas plus que l'eau dans le vin pour en ranimer le bouquet.

★

Rire est le propre de l'homme, à ce qu'on a dit. Mais le sale n'est pas de pleurer, sauf si on le fait exprès.

★

Les jeux de la Foi ne sont que cendres auprès des feux de la Joie.

★

... et ce chien n'aboyait pas tout seul à la lune, cet enfant ne parlait pas tout seul au soleil : ils causaient ensemble tous les quatre.

★

Enfants, en Italie, Sacco et Vanzetti rêvaient peut-être à l'électrification des campagnes.

★

Voyage d'études :
Pèlerinage des intellectuels au monument de L'Idiot Saint Crazy.

★

Trois devinettes :
Il peut être grand ou petit.
Il a deux pieds, quelquefois trois, ou même pas de pieds du tout.
Il peut avancer sans bouger et faire un bruit épouvantable et vous jeter à bas du lit.
Mais si vous lui donnez une petite tape, vous n'entendez plus parler de lui.

Qu'est-ce qui a deux ailes
qui ne vole pas
et qui joue de la trompette
surtout l'hiver
quand on le met
dans le fil ou la soie?

Pièges d'identité :
Grandeur d'âme.
Largeur d'idées.
Élévation de pensée.
Longueur d'ondes.
Perte de vue.
Mal et bien du pays réunis.
Trop de mentons, d'où velléité de puissance.
Gentleméloganomanie à Londres.
Microlibératotautorisme à Paris.
Tout enfant, déjà atteint de Haut-Nanisme, on le surnom-
mait déjà le grand Diose, par opposition aux anodins petits
Machin et autres minuscules petits Chose.
Son plus glorieux surnom : l'Étroit Grand.

Ceci m'est égal.
Cela m'est libre et fraternel.

Tout est perdu sauf le bonheur.

Heureux Vivants
Heureux Mortels !

NARCISSE

Narcisse se baigne nu
De jolies filles nues viennent le voir
Narcisse sort de l'eau s'approche d'elles
et s'aperçoit qu'il n'est plus tout à fait le même
Quelque chose en lui a changé
Il se caresse de la main
étonné de donner sans le vouloir ni le savoir
comme un jeune cheval entier
les preuves de sa naissante virilité
Et retourne dans l'eau
plus ébloui que gêné
Et regarde les filles
puis
dans l'eau à mi-corps se regarde encore
Et voit
par un phénomène de réfraction
un bâton brisé
Il se noie

déçu enfantinement désespéré.

C'ÉTAIT EN L'AN VINGT-DEUX...

C'était en l'An Vingt-deux voilà les flics avant pendant après et pas plus tard que Jésus-Christ.

Un jeune homme vivant, qui s'appelait Hétérodoxe, aimait une jolie fille vivante qu'on appelait Hétéroclite.

Et cette jeune et jolie fille vivante l'aimait aussi.

Ils cultivaient les fleurs sauvages et les vendaient aux passants, à la sauvette, discrètement. Car seules les fleurs civilisées et insensibilisées et prématurément et artificiellement fanées étaient, dans ce pays, officiellement tolérées, recommandées et imposées.

Cela se passait en Orthopédie, sous le règne d'Orthodoxe, qui ne s'intéressait qu'à la Morticulture.

Orthodoxe était atteint d'Orthopnée chronique, ce qui l'obligeait à rester perpétuellement assis.

C'était son mouvement perpétuel à lui, mais il n'en était pas jaloux et généreusement s'offrait à en faire profiter ceux qui s'appelaient ses fidèles et qu'il aimait appeler ses amis. Et même il poussait la longanimité jusqu'à ne pouvoir absolument supporter quelqu'un debout en face de lui.

— Je vous en prie, faites comme chez moi, et supportez la peine de vous asseoir!

Et pour ceux qui ne supportaient pas cette peine, ils la remplaçaient alors par la peine de mort, tant il était peiné de ne pouvoir rien faire d'autre pour eux.

Les seuls mouvements qui trouvaient grâce à ses yeux,

c'étaient les mouvements de troupe et le maniement d'armes.

Mais le mouvement des navires mêlé au mouvement des marées lui causait une telle nausée, de même que le va-et-vient des eaux et forêts, que sans cesse les esclaves militaires étaient chargés de battre la campagne et la mer quand elles se permettaient de remuer.

Orthodoxe n'appréciait rien de ce qui bouge, il ne pouvait sentir les fleurs ni voir les oiseaux en peinture ou ailleurs et ne pouvait supporter le moindre cri de joie d'enfant en liberté.

La seule chose mouvementée qui aurait pu, peut-être, le remuer un peu, sinon le guérir tout à fait, du moins d'après ce que les devins prédisaient, c'était l'éruption du Grand Tradéri, le seul volcan d'Orthopédie.

Hélas! depuis longtemps le volcan s'était tu.

Orthodoxe en éprouvait une incurable nostalgie et la nostalgie du Grand Tradéri, c'était, pour Orthodoxe, le plus grand mal du siècle et le plus grand mal du Pays.

Il eût aimé, comme c'était prédit, le fouler aux pieds, ce Grand Tradéri et ce, à l'instant même où ce séisme providentiel aurait osé se permettre de surgir de loin, face à face avec lui.

Et Orthodoxe sentait son talon d'Achille qui s'agitait, s'impatientait dans sa sandale empédoclée.

Alors, pour se calmer, il se faisait jouer, à longueur d'ondes et de journées, les plus merveilleux airs de son grand opéra orthophonique.

C'était le grand déconcerto intitulé Simulatto — suite de faux mouvements simulés tôt concertés — qu'il préférait.

Et quand il l'écoutait, béat et transporté, il se sentait être l'objet d'un bonheur si délicat à décrire qu'il préférait se taire que d'en parler, plutôt que de s'exposer à ne pas se faire comprendre dans la totalité.

La musique orthophonique, c'était déjà, à cette époque comme aujourd'hui, la musique qui corrige tous les vices de la musique en supprimant, à bon escient, purement et simplement, toute velléité de mouvement musical spontané et comme de juste absolument intolérable puisque absolument pas toléré et par la suite indéniablement insupportable puisque indéniablement et officiellement et si judicieusement impossible à supporter.

Un beau jour, par une de ces belles fins de journée où le crépuscule d'Orthopédie était comme partout ailleurs, le plus beau crépuscule de tous les pays, les Assis soudain se levèrent d'un seul bond sans aucune préméditation et la fin de l'exécution du grand Déconcerto fut remise aux calendes orthopédiques jusqu'à plus mûre réflexion.

Le Grand Tradéri venait de faire éruption.

Orthodoxe seul était resté assis, et sa nostalgie sur les genoux, il la caressait à rebrousse poil, jetant sur le volcan incandescent un pauvre et triste regard, éteint, lointain.

La prédiction des Grands Devins assis ne s'était accomplie qu'à demi : ce qui marchait pour le volcan ne marchait pas pour lui.

Soudain Orthodoxe poussa un grand, un insupportable cri et, terrorisés, tous les Assis debout se rassirent d'un seul coup.

Orthodoxe venait d'entendre pour lui seul, et il s'en serait fort bien passé, un air inconnu et si beau et si déchirant de bonheur, qu'il sentait dans le fond de son cœur, tressaillir, comme un très minable vautour enchaîné dans une cage d'ennui, tout son mauvais bonheur à lui en même temps qu'il apercevait de loin mais en pleine clarté, Hétérodoxe et Hétéroclite amoureux, souriants et chaussés d'amiante, qui dansaient sur son volcan.

Quelques jours plus tard, il ne dit rien, n'ajouta pas un mot en fronçant le sourcil et ne fit pas un geste.

Le bourreau fit ce geste pour lui.

Mais l'histoire raconte, pas la Grande Histoire, pas la Petite non plus, simplement l'histoire vivante qui se réinvente tout le temps, sans inventaire ni Te Deum, sans pleurs ni fleurs ni décore-homme, l'histoire raconte qu'Hétérodoxe et Hétéroclite moururent ensemble, dansant, souriant.

Et ils l'avaient échappé belle, car, ce fut précisément à

cette époque qu'on employa, paraît-il, pour la première fois et sans avertir personne, la première bombe laparotomique qui recousait, instantanément sur-le-champ, les intestins dépareillés en même temps qu'elle les décousait.

Ce qui fit durer cette guerre beaucoup trop interminablement, puisqu'elle continue, encore de nos jours, un peu partout, alternativement sous des noms de guerre différents.

LA NOCE
OU LES FOLLES SAISONS

Masculin singulier féminin pluriel :
voilà le sexe des saisons.

En s'en allant
parce que c'est la coutume
l'Été a croisé l'Automne
et s'est retourné sur elle

Il est fou d'elle
Elle est si rousse
elle est si belle
Et elle aussi s'est retournée sur lui
elle aussi est folle de lui
Il est très beau lui aussi
et très changeant
noir comme un noir de Harlem
ou blond comme le houblon
ou seulement châtain
et toujours habillé de nos jours en même temps que des
    jours anciens
Ils ont presque le même âge
Ils se regardent éblouis

Il y a du désordre dans l'air
le décor ne sait sur quel pied danser
La musique leur dit à tous deux

qu'ils ne sont pas faits l'un pour l'autre
Les danseurs aussi les préviennent
Les danseurs de l'été
les danseuses de l'automne
Les danseuses de l'été
les danseurs de l'automne

Sans les voir ni les écouter
ils tombent dans les bras l'un de l'autre
La musique se tait
les décors se figent
moitié automne moitié été

Ils s'embrassent
La musique reprend d'abord en s'excusant
puis soudain amoureuse comme eux vraiment

Les danseurs et danseuses se laissent aller dans cette
    musique

L'Été et l'Automne
décident de rester ensemble
décident de faire l'amour
et la Noce d'une nouvelle saison

La Noce a lieu
La musique est de plus en plus de la fête
les danseurs aussi
l'Été de plus en plus fou de l'Automne
et l'Automne de plus en plus folle de l'Été

Soudain
elle devient folle de terreur
mais se tait
Elle a senti l'hiver qui arrivait

Le Messager de l'Hiver
pousse la porte de la Noce
C'est un facteur avec tous ses calendriers

La neige arrive dans le décor
et se bat avec le soleil
La musique qui s'est faite belle
se bat elle aussi avec des airs nouveaux et amers
Et l'hiver arrive
sans avoir été invité
Il est vêtu en Roi Soleil mort
avec perruque glacée
le visage poudré givré

Mais
malgré son splendide costume noir Grand Siècle et Grand
    Deuil
il est blême
figé de la tête aux pieds
Sa suite
petits pères Noël bedonnants hommes de cape et d'épée
    sautillants
est aussi blême que lui

L'Été fou de joie l'accueille avec indifférence
L'Hiver alors
sûr de lui et de son pouvoir
danse le Grand Pas des Patineurs

Mais l'Été et l'Automne
vont danser
amoureusement
pas tellement loin mais ailleurs
L'Hiver est fou de rage
l'Hiver est fou de jalousie
Pourtant il n'aime pas l'Automne
puisqu'il n'aime rien d'autre

que sa Saison
à Lui

Il veut interrompre la Noce
et consulte les calendriers
Ce qui est écrit est écrit
Il hurle
et son entourage pousse les mêmes cris et fait les mêmes
    gestes que lui
Ce mariage fou n'aura pas lieu
L'Été n'est pas fait pour l'Automne
la mariée est trop belle pour lui
Et il est trop beau pour elle
Et pour moi ils sont trop beaux tous les deux
Arrive alors un cocher
sur une calèche de bois mort
C'est le cocher de l'Hiver
et il agite son fouet à neige
et la neige tourbillonne
Mais toutes les fleurs de neige
toutes les danseuses remuées par le fouet du cocher
s'amusent
tournent autour des mariés
et se forment en bouquets

Des amis de la famine
les démons familiers de la médiocrité
surgissent
en se rongeant les ongles
en faisant des pieds et des mains quelque chose de très triste
    qui singe la danse

Un grand courant d'air les accompagne
et sa musique a beau siffler
comme le fouet du cocher
Siffler
comme si le spectacle même de cette Noce était mauvais

cette musique ne peut rien
contre l'autre musique
celle du ballet
Musique heureuse et belle
et gaie

Sortant de la calèche de bois mort
jeté à terre
par de sordides danseurs divers
un danseur noir
tout parsemé de plumes d'édredon
se relève et danse en brûlant
Ce sont ses plumes qui brûlent
parce que
selon la Loi du Lynch
le danseur noir
a été enduit de goudron flambant
Et il chante
que ceux qui l'ont brûlé
sont des blêmes et sont des cons
et que la Noce est belle
même si ce n'est pas la sienne
et qu'il veut lui chanter
sa chanson
L'Hiver prend cela pour lui
sa rage s'intensifie
Le danseur noir meurt en souriant
ses flammes dansantes avec lui
sont maintenant les fleurs heureuses du bonheur
et de l'anesthésie
Et ces fleurs n'arrêtent pas de danser

On ne peut savoir si le nègre est mort
... ou s'il rêve

L'Automne et l'Été s'avancent
près de ce merveilleux garçon d'honneur

près de ce fastueux invité
et ils s'en vont avec lui

Le décor de l'Automne
et de l'Été
les accompagne

Le décor de l'Hiver
prend place
avec bruits de grêlons
musique de marteaux
de cloches fêlées et autres vitres brisées
de chants d'Église
et de sirènes d'alarme
et de musique de chambre
et de mélomanie

L'Hiver triomphe et danse sans bouger
Mais son triomphe est sordide imbécile nécessiteux
L'Hiver
bien qu'il cherche triomphalement à le cacher
ne ressent que la nostalgie
de ce qui vient d'arriver

Et comme ce qui vient d'arriver
est arrivé à d'autres qu'à lui
et que tout cela était beau
et que tout cela brillait
il ne peut dissimuler
son in-sup-por-ta-ble ja-lou-sie

Et son corps de ballet
a beau se distinguer
en délicates figures mortuaires macabres grivoises spiri-
    tuelles et splendidement exemplaires
où le culte des morts se marie fort agréablement avec la
    vieille et saine gaîté française des joyeux réveillonneurs
    du dernier Nouvel An
le peu de gestes

le très peu de danse
de son propre corps à lui
n'est que le signe même
d'un immense et grandissant ennui

Soudain
il remue lui aussi
comme la flamme d'une très vieille bougie
dont la mèche allait toucher le fond du bougeoir et qu'un
    coup de vent ranime in memoriam et in extremis

Ce coup de vent posthume
c'est le Printemps
dans son costume de danseur du joli temps
Il danse sans s'occuper de personne
et sans se préoccuper de l'Hiver

Alors l'Hiver devient fou du Printemps
et même l'Hiver devient folle
Et il s'habille en femme pour séduire le bel adolescent
et se rappelant les Noces de l'Été et de l'Automne
il veut être de la fête et entrer dans la danse
et que ce soit sa Noce à lui
Et l'Hiver fou et folle
aidé de toute sa troupe de ballerins de ballerines de pèlerins
    et de pèlerines
danse
et invite le Printemps à danser
mimant
« folâtrement »
toute la danse que l'Été dansait pour l'Automne
Et comme le Printemps
le regarde presque immobile
indifférent
mais dansant vraiment et tremblant de joie et de vie comme
    une première feuille sur la branche d'un arbre au
    printemps
l'Hiver alors se fâche

254

et hurle qu'il veut rester
Et lui aussi se jette sur le facteur
lui arrache ses calendriers

Le Printemps alors chante
comme dit la chanson

                    Si tu veux rester reste là
                  Si la place est bonne garde-la
                        Moi je m'en vais
            où sont déjà partis l'Automne et le Printemps
                       Ils sont mes amis
                  Je suis peut-être leur enfant
                             Toi
                     mon beau ou ma belle
                 tu n'es qu'un ami de la famille
                          un parent

L'Hiver reste seul
veuf
non marié
vierge et glacé
considérable
inconsolable
et navré
Le décor de l'Hiver se démène avec une dérisoire ardeur
Mais le soleil déjà brille derrière
et l'on entend la musique des fleurs

    très loin
dans le décor d'Hiver qui se fait beau pour eux
on voit dansant
l'Été et l'Automne
et le Printemps
qui les a rejoints

Une dernière fois
l'Hiver essaye de danser

mimant la danse du Noir qui tout à l'heure
Mais sa danse à lui est éteinte

Et
la musique peu à peu se tait
gelée.

LA CORRIDA

Vache
petite vache
génisse
un jour les hommes te conduiront au taureau
tu auras du plaisir peut-être
de la joie
des enfants
des fils qu'on appellera des veaux
ou des filles qu'on appellera génisses
comme on t'appelait autrefois toi
Tu les lécheras
tu feras tout le nécessaire
sans peut-être garder la mémoire
de tout ce que tu auras souffert
Puis un jour les hommes viendront
ils regarderont les veaux
ils diront qu'ils sont beaux
et bons
et ils les emmèneront
ils les tueront
ils les mangeront
Et puis tu resteras seule
avec d'autres vaches
et les hommes reviendront
avec un autre taureau
et tout cela se passera

comme la première fois
avec les bons et les mauvais côtés de la situation
Et puis tu vieilliras
et tu commenceras à mourir
Les hommes hocheront la tête
ils t'abattront
et ta peau
ils la vendront
Quelque chose de toi
deviendra un objet
puis un autre
des souliers
des valises
Avec les valises
les hommes prendront les trains
pour le voyage...

Et l'homme à la valise en peau de vache
regarde les vaches
et dit que les vaches regardent les trains
Et personne ne sait ce qui se passe
ni comment ça se passe
dans votre tête quand le train passe
Pourtant les hommes en parlent
histoire de causer
Et l'homme à la valise en peau de vache
s'en va voir les courses de taureaux
De son métier il est plutôt Officionado

Et la ville est en fête le Roi vient d'épouser la Reine et la
    Reine est très belle et le peuple l'acclame et valsant avec
    elle le Roi la couve du regard
Précisément du même regard que l'homme prête si aimable-
    ment aux vaches qui de loin regardent passer les trains

La Reine ne regarde que les taureaux
qu'on entraîne vers les arènes

Et parmi tous ces taureaux
elle ne voit que le plus beau

Et le Roi est dans tous ses états lui qui dira plus tard L'État
c'est moi ou quelque chose d'analogue ou d'approchant en
espagnol édifiant et toujours valsant complaisamment il
se sourit à lui-même anticipant et se voyant de nuit déjà
comme un taureau au milieu de l'arène fort satisfait de ce
royal jeu de mots trouvé dans son grand Almanach
Verbe-Haut

Et la nuit de noces est royale et l'on entend dans les couloirs
les courtisans et confidents qui d'une voix confidentielle et
courtisanesque émettent des vœux les bras au ciel et
d'égrillardes larmes aux yeux.

Une vraie sirène cette reine
bientôt nous aurons un dauphin

Sur le grand lit
la Reine feint de jouir comme six Reines
et le Roi l'entend se plaindre si heureusement qu'il en est
tout surpris tout content ébloui
Et pourtant
elle pense au taureau la Reine
au grand taureau debout
au milieu de l'arène
et elle crie grâce pour lui
Mais le Roi prend cela pour soi
la Reine a crié grâce
il est heureux comme un Roi
le Roi
C'est leur façon d'être heureux à ces gens-là

Quelques jours plus tard à la corrida
le taureau va être tué
A l'instant de la mise à mort
la Reine se dresse secoue le Roi et l'implore

et voilà la fête terminée
et voilà le taureau gracié
La Reine sourit
le taureau la regarde
elle le regarde aussi
ils ne disent pas un mot
mais entre eux tout est dit
Un peu plus tard très sombre dans la nuit
la Reine est seule dans la chambre
Le Roi dans son bureau
s'occupant des affaires du pays
L'Armoire à secrets s'ouvre à deux battants
une suivante entre un flambeau à la main
et le taureau entre aussi
La suivante se retire emportant sa lumière
et seule la lune éclaire
la Reine nue sur son grand lit
Soudain elle se réveille
aperçoit son ami
et sourit
Minot Minot Minot
Mon petit Minautore...
Le taureau ne dit rien
il est debout sur ses pattes de derrière
une de ses pattes du devant appuyée sur la cheminée
il est un peu triste
et pourtant la Reine lui plaît
La nuit dernière il avait rêvé de bagages et de rôti de veau et
    d'une vache belle comme le jour
il se trouve un peu seul sur la terre
comme tant de créatures humaines
et s'avançant près du lit
appuie d'abord son front contre la vitre
Un train passe dans la nuit
Dans un wagon un homme s'est endormi
Il a fait un mauvais voyage
l'officionado
la corrida n'a pas été réussie

la Reine a empêché la mise à mort
Il a des cauchemars à cause de cela
et aussi des remords
à cause d'autres choses
Un tas de choses d'autrefois qui reviennent et qui mur-
    murent
des choses en apparence très normales
et qui se sont passées dans sa demeure
Mais là
l'homme jouait le beau rôle
dans ce que les hommes appellent
la réalité
et tant pis s'il le jouait mal
Tandis que dans son rêve
il a le rôle mauvais
et il le joue très bien
la farce a l'air plus vraie
et il la trouve mauvaise
Le train est bientôt loin...

Le taureau lui est toujours là
qui écoute les bruits de la nuit
et la Reine regarde
le taureau debout sur ses pattes de derrière
avec sa queue il fouette doucement
une carafe et des verres de cristal
posés sur un guéridon
et cela fait un petit bruit très doux
une très frêle petite musique de verre
une lancinante chanson
comme ces petites plaques de verre
accrochées entre elles
par de très légères ficelles
et qui se balancent dans le vent
à la porte des boutiques
de China town à San Francisco
là-bas en Amérique
Je ne suis jamais allée là-bas pense la Reine mais je suis

sûre que la musique de là-bas comme en Chine c'est tout
   à fait comme celle-là
Et elle fredonne
à voix basse
d'une voix encore plus douce que la musique de verre
China town
China town
China town
Un autre train passe dans la nuit
China town
China town
China town
Le taureau n'écoute pas son bruit
Il écoute seulement
et tristement
la chanson des tanneurs
des tanneurs qui travaillent de nuit
Et la tannerie n'est pas loin du Palais
et même quand c'est l'été à cause du vent
tout cela pue horriblement
toutes ces peaux qu'on tanne
et tanne et tanne et tanne
China town
China town
China town
Le taureau écoute toujours la chanson des tanneurs
et il est mal à l'aise
à cause de ce mauvais air
et de cette mauvaise odeur
Il se tourne alors du côté de la Reine
China town
China town
China town
Il comprend qu'elle l'appelle
et s'avance vers elle
China town
China town
China town

Et tanne et tanne et tanne
Et comme le tanneur fait son métier de tanneur
il fait lui son métier de taureau
China town
China town
China town
Dieu me damne
chante la Reine
folle de joie
Ah que la vie est belle
même si on en meurt quelquefois
China town
China town
China town
On n'entend plus la chanson des tanneurs
ni le bruit des trains dans la nuit
Seul le bruit du premier train du petit matin
China town
China town
China town...

Et le Roi entre sur la pointe des pieds
la démarche très noble
mais les traits très tirés
Il voit dans le soleil qui vient de se lever
sa femme éventrée morte
au beau milieu du lit
avec un grand sourire enfantin ébloui
Et puis
sur le tapis
le taureau endormi
Et d'abord il prend peur et veut appeler à l'aide puis passe la
    main sur son front comme pour chasser un rêve malade
    se rend à l'évidence et constate la chose
China town
China town
China town...
Une équipe de tanneurs de jour continue le travail de nuit

China town
China town
China town
Le Roi entend à sa manière
une chanson qu'on lui chantait enfant
Colimaçon corne...
Apercevant dans un miroir sa tête royale et couronnée
il la hoche
morne et désabusée
Colimaçon corne
Colimaçon corne
montre-moi tes cornes...
Ce refrain enfantin l'inquiète
il s'écroule dans un fauteuil
la tête dans les mains
contemplant le grand animal noir qui rêve
et la Reine morte qui n'arrête pas de sourire
China town
China town
China town
Et Colimaçon corne
hurle soudain le Roi
Soudain le voilà qui tombe en pleurs
Une grande détresse fait place à son royal courroux

Ni l'or ni la grandeur ne nous rendent Taureau

Se levant tristement il recouvre du drap le corps saignant et
    épanoui de la Reine paraît-il pour toujours endormie
Et il sonne
Et toutes les cloches de toutes les églises de tout le royaume
    se mettent à sonner
Et puis des tueurs de bêtes entrent à leur tour
sur la pointe des pieds
Et voilà le taureau qui meurt
China town
China town
China town

sans s'en apercevoir
anesthésié
par l'amour de la Reine
et d'autres amours aussi

Amours à lui

Ni l'or ni la grandeur...
peut-être
mais les apparences doivent être sauvées
Et
le jour enfin levé
en plein soleil
sur le plus grand balcon du Palais
le Roi
debout
se présente à la foule enthousiasmée
souriant de toutes ses dents
avec
sur la tête
deux cornes ensanglantées
Et les cloches de sonner
Les canons de tonner
Les tanneurs de tanner
China town
China town
China town.

LE TABLEAU DES MERVEILLES

PREMIER TABLEAU

Autrefois, en Espagne.

Un couple de voyageurs s'arrête au beau milieu d'une petite place déserte, en plein soleil.

CHANFALLA

Enfin! nous voici arrivés quelque part.

CHIRINOS

N'est-ce pas la ville que nous cherchions?

CHANFALLA

Tais-toi, douce idiote, dans ce pays le nom des villes et des villages est inscrit sur les girouettes au lieu d'être inscrit sur les bornes... On suit la flèche, mais le vent tourne, la girouette tourne et on est perdu à nouveau. C'est comme si les villes se sauvaient... Impossible de mettre la main dessus. Enfin nous en tenons une de ville, cramponnons-nous, incrustons-nous et n'oublie pas, Chirinos, mes avis : principalement celui que je t'ai donné à propos de ce nouveau tour qui doit avoir autant de succès que le dernier.

CHIRINOS

Tout est gravé dans ma mémoire, Chanfalla.

CHANFALLA

Tais-toi, tu me fais rigoler. Si tu avais, comme tu dis, de la mémoire, resterais-tu avec moi puisque je te roue de coups chaque fois que le désir m'en prend, et c'est-à-dire souvent!

CHIRINOS

Je t'ai connu un vendredi treize. Tu vois, j'ai la mémoire des dates, mais je n'ai pas celle des coups...

CHANFALLA

Au fond, tu restes avec moi parce que tu aimes les artistes... (Il l'embrasse.)

> Soudain, ils sont interrompus par une musique crispante, monotone, aigre, parfaitement insupportable et d'une grande tristesse.

CHIRINOS

(tournant sur elle-même et se bouchant les oreilles)

Oh! voilà que ça recommence, je vais devenir folle! Folle si ça continue, folle si ça s'arrête, folle si ça recommence et si ça continue... Pourquoi avons-nous enlevé cet enfant, Chanfalla, pourquoi?

CHANFALLA

Les bohémiens, les comédiens ambulants, les montreurs d'ours, les saltimbanques ont toujours volé des enfants, c'est la coutume. Il faut toujours suivre la coutume.

CHIRINOS

Pourquoi?

CHANFALLA
(souriant)

Parce que c'est la coutume!

La musique continue.

CHIRINOS

Oh! La coutume, la coutume...

CHANFALLA
(éclatant de rire)

Cesse de geindre, imbécile triste. Cet enfant jouera de la musique pendant que nous présenterons aux notables du pays notre admirable Tableau des Merveilles.

CHIRINOS

Assez! Assez! Cette musique est atroce : elle racle, elle grince comme la craie sur l'ardoise...

La musique cesse. Arrive un enfant.

L'ENFANT

On fait la musique qu'on peut. Avant d'être avec vous, j'étais enfant martyr, on me battait sur les oreilles, elles sont décollées aux trois quarts. Je suis couvert de cicatrices, ma viande est déchirée, ma musique aussi est déchirée : décollée, elle a les nerfs à vif... mais c'est tout de même une musique, un bruit à entendre. Vous avez volé l'enfant, vous avez volé la musique avec... écoutez-la. Pour le prix que vous me payez, je ne peux tout de même pas vous jouer les grandes orgues du bonheur céleste avec les anges qui bavent de joie et le grand-père éternel qui fait la bamboula.

CHANFALLA

Tais-toi, avorton, fous le camp et tiens-toi prêt pour le Tableau... ou plutôt non, reste, car voici les gens du pays qui arrivent en traînant la jambe. Souriez tous les deux avec le sourire de la politesse, inclinez-vous avec les gestes de la déférence...

> Trois hommes s'approchent et Chanfalla les interpelle avec déférence.

CHANFALLA

Je baise les mains de vos seigneuries, je m'incline, nous nous inclinons tous les trois et je dis en vous désignant de la main : voilà des hommes et non des moindres... A leur façon de marcher et de s'arrêter, je devine qu'ils sont les chefs !

LE PRÉFET
(béat)

Nous le sommes en effet, si le pays marche, c'est un peu grâce à nous. Que voulez-vous, homme honorable ? Je suis le Préfet, voici le sous-préfet et le capitaine Crampe qui s'occupe de la gendarmerie... Notre ville est petite mais elle est peuplée de gens heureux. Les gens heureux n'ont pas d'histoire. Nous mangeons régulièrement... Et je vais bientôt marier ma fille avec le sous-préfet.

LE SOUS-PRÉFET

Il y aura un grand banquet, de la musique, un bal, des lumières, beaucoup de lumières.

> Il est interrompu par un mendiant hirsute.

LE MENDIANT

Braves gens comme on dit, faites-moi la charité, donnez-moi vingt sous pour hier, vingt sous pour aujourd'hui, vingt sous pour demain, et vous serez tranquilles pour trois jours... Passons la monnaie, ne perdons pas notre temps... Trois fois vingt sous ça fait trois francs !

LE CAPITAINE CRAMPE

(subitement furieux)

Pourri, mendigot, crasseux, grabataire, sors de mes yeux, disparais, viande pauvre, bas-morceau!

> Il se jette sur lui et le frappe.

LE MENDIANT

Oh! vous frappez un mendiant... Quelle honte! Un mendiant, un homme en dehors des autres, un qui ne demande rien à personne, sauf l'aumône naturellement... (Il hurle.) Et vous le frappez sur la tête, c'est absolument dégoûtant... (Il s'arrête résigné subitement.)

Frappez si vous voulez, mais donnez-moi mes trois francs... (Il hurle à nouveau.) Mes trois francs! mes trois francs!! mes trois francs!!!

LE PRÉFET

Je vous en prie, capitaine, cela fait mauvais effet. Donnez-lui ce qu'il demande.

LE CAPITAINE CRAMPE

Hein?

LE PRÉFET

Chacun vingt sous, si vous voulez.

> Tous les trois se fouillent et donnent l'argent au mendiant.

LE MENDIANT

(comptant l'argent)

Merci bien de votre bon cœur, mes braves amis. (Soudain il sursaute et hurle.)

Il n'y a que deux francs cinquante!

LE PRÉFET

Hein?...

LE SOUS-PRÉFET

(un peu confus)

Je n'ai donné que cinquante centimes. Je ne suis que sous-préfet...

LE PRÉFET

(complétant la somme)

Je regrette d'avoir promis ma fille à un avare.

Le mendiant s'éloigne.

LE SOUS-PRÉFET

Il n'y a pas de petites économies, il n'y a que de sottes gens.

LE PRÉFET

C'est pour moi que vous dites ça?

LE CAPITAINE CRAMPE

Voyons, vous n'allez pas vous disputer devant des étrangers...

CHANFALLA

(très à l'aise)

Oh! nous savons, nous comprenons les choses. Hélas! les choses sont partout la même chose... et la misère partout la même misère!

LE PRÉFET

(cramoisi)

La misère... la misère, qu'est-ce que vous dites?

CHANFALLA
(confus)

Excusez-moi, je croyais...

LE PRÉFET

Une hirondelle ne fait pas le printemps, un mendiant ne fait pas la misère...

CHANFALLA

Évidemment.

CHIRINOS

Évidemment.

L'ENFANT
(avec une voix de plus en plus sinistre)

Évidemment.

LE PRÉFET

Évidemment. (Un temps, puis froid et silencieux) Revenons plutôt à nos moutons! Et dites-nous quel bon vent vous amène dans nos régions.

CHANFALLA

Je suis Montiel, celui qui colporte le vrai, l'unique, le seul, le merveilleux Tableau des Merveilles!

LE PRÉFET
(un peu ahuri mais sans vouloir le laisser paraître)

Ah, le... le Tableau!

LE SOUS-PRÉFET

... des Merveilles.

LE CAPITAINE CRAMPE

Oui, le Tableau des Merveilles... Très intéressant...

CHANFALLA

Toute personne cultivée a entendu parler du magnifique Tableau et j'aurais vraiment été douloureusement surpris...

LE PRÉFET

Oh! Rassurez-vous. Nous connaissons... Justement nous en parlions il y a quelques jours, avec des amis, oui, au cours d'une conversation... et justement nous disions, nous disions... nous disions...

CHANFALLA

(éclatant)

Il ne suffit pas d'en parler, il faut le voir, c'est un spectacle spectaculaire et d'une beauté si belle, d'une émotion si émouvante que les mots me manquent pour vous en parler, à moi dont c'est pourtant le métier de parler... Il faut le voir pour le croire... mais attention, attention!... (baissant la voix et levant un index inquiétant et menaçant) Attention!!!

CHIRINOS

Mais il faut aussi le croire pour le voir!

LE PRÉFET

(légèrement inquiet)

Ah?

CHANFALLA

(catégorique)

Mais c'est l'évidence même, et nul ne peut nier l'évidence. (Avec une franche autorité). N'est-ce pas?

LE PRÉFET

Évidemment.

CHANFALLA

Je ne vous le fais pas dire... L'évidence même. Et c'est pourquoi les merveilleuses merveilles du merveilleux Tableau des Merveilles ne sont pas visibles pour tous!

Je m'explique.

Seul le spectateur qui a la conscience tranquille peut voir le Tableau.

Je m'explique.

L'homme inculte, le sot, l'ignorant, celui qui n'est pas délicat, ne voit rien. Aurait-il payé trois fois le prix de sa place, il reste figé sans rien voir.

Le lettré, l'homme d'esprit, l'homme qui est vraiment quelqu'un capable de comprendre quelque chose, celui-là peut voir le Tableau.

LES TROIS NOTABLES
(avec une soudaine conviction)

Nous le verrons!

CHANFALLA
(continuant)

L'épouse fidèle peut se réjouir les yeux, mais la femme adultère n'y verra que du feu.

LES TROIS NOTABLES

Nos femmes sont dignes en tout point de voir vos merveilles.

CHANFALLA
(délirant)

La fille d'officier supérieur voit le tableau, la fille à soldats pas!

Nos filles le verront, nous le jurons.

CHANFALLA

Le magistrat corrompu, le vénal n'y voient rien. C'est un spectacle pour le bon chrétien. Le bon chrétien peut le voir, le juif non... (Il crie.) Le juif ne verra jamais l'ombre de l'ombre du plus merveilleux des Tableaux!

LE PRÉFET

Il n'y a qu'un juif dans la région, et nous l'avons mis en prison. De toute façon, il n'aurait rien vu. Tout est pour le mieux.

Merci, noble étranger, d'apporter dans notre pays tes visions d'art et de beauté. Nos paysans seront charmés, et s'ils ne comprennent pas, s'ils ne voient pas tout, ils pourront toujours se chauffer. La grande salle de la mairie est spacieuse, je la ferai aménager...

CHANFALLA

Merci, Monsieur le Préfet, mais nous pouvons jouer en plein air. Inutile de vous déranger. Quand tout le monde aura pris ses billets, la séance pourra commencer.

LE SOUS-PRÉFET
(douloureusement surpris)

Comment? C'est payant?

CHANFALLA

Les artistes ne vivent pas seulement de l'air du temps.

LE PRÉFET

Évidemment. Mais les paysans ne pourront pas venir, malheureusement...

CHANFALLA

Pourquoi ?

LE PRÉFET
(embarrassé)

En voilà une question ! Ils ne pourront pas venir parce que... parce que... enfin, parce qu'ils auront autre chose à faire. Chacun son métier. Le laboureur laboure, l'homme de peine peine, le musicien fait de la musique...

L'ENFANT

En avant la musique ! (Il recommence à jouer, les trois notables grincent des dents.)

LE PRÉFET

Quel bruit ! Mais c'est une musique de cimetière...

LE SOUS-PRÉFET
(trépignant)

On dirait qu'on gratte le dos d'une casserole avec un couteau ébréché...

LE CAPITAINE

C'est pas de la mélodie, c'est du vert-de-gris...

L'ENFANT

Excusez-moi, messieurs, mais c'est la musique de mon enfance. Je ne connais que celle-là... Ma famille est cachée dedans, c'est elle qui pousse le cri du souvenir. Est-ce ma faute si ma famille a la voix du caïman ?

LE PRÉFET
(au capitaine)

Allez, enlevez, enlevez cet enfant, enlevez immédiatement, capitaine...

> Le capitaine saisit l'enfant et s'éloigne avec lui en le secouant.

LE CAPITAINE

Toi, graine de bois de lit, tu vas me faire le plaisir de me foutre le camp...

LE PRÉFET
(à Chanfalla)

De la musique, tant que vous voudrez, cher Monsieur, mais faites-nous de la musique convenable, de la musique de chambre par exemple. Mais cette musique de terrain vague, jamais! (Il hurle) Jamais, jamais, jamais!...

CHANFALLA

Calmez-vous, l'enfant ne jouera pas pendant le spectacle.

LE SOUS-PRÉFET

C'est fort heureux. Ma fiancée a l'oreille délicate, et j'aimerais lui épargner de tels sons.

CHIRINOS
(à Chanfalla)

Ah! Je te le disais bien, cette musique est terrible, nous n'aurions pas dû adopter cet enfant.

CHANFALLA

Les artistes adoptent toujours des enfants, c'est la coutume...

277

LE PRÉFET

Jolie coutume, assurément!... (à Chirinos) Je vous en prie, Madame, passez devant, nous allons donner des ordres pour la bonne ordonnance du spectacle.

CHIRINOS

Trop aimable, Monsieur le Préfet, trop aimable...

> Ils s'éloignent. Le capitaine Crampe entre à nouveau en scène et les suit en traînant la jambe.

LE CAPITAINE

Qu'est-ce qui m'a foutu une musique pareille!...

> Ils sortent.
> La scène reste vide un instant puis l'enfant revient, hausse les épaules, s'assoit et recommence à jouer. Le mendiant entre et s'approche de l'enfant.

LE MENDIANT

La voilà bien, la vraie musique saignante, la musique comme quand j'étais petit! Continue, mon petit, ça me rajeunit, continue la musique... C'est la musique du chien pauvre qui crève à la fourrière, c'est le grincement de la carie dentaire dans la grande gueule de la misère, la gadoue, les punaises, le mégot du condamné, les courants d'air, l'ambulance qui vient chercher le noyé et puis le noyé qui n'a pas l'habitude de monter en voiture et qui suit l'ambulance à pied... Il n'ose regarder les passants, le noyé, mais il est tellement content d'être mort qu'il éclate de rire comme jamais il n'éclatait de rire du temps qu'il était vivant, si peu vivant... Continue, petit mec, continue. J'ai toujours beaucoup aimé les instruments à corde de pendu...

> Un homme entre, portant un outil sur l'épaule : c'est un casseur de pierres. Il s'arrête et écoute la musique qui continue.

LE CASSEUR DE PIERRES

(faisant claquer sa langue en connaisseur)

C'est joli... Et puis ça change des cloches, cette sale musique de nuages! J'étais sur la route à casser les pierres et quand ça a joué j'ai arrêté de casser. On n'a pas tellement de musique par ici, à part celle de gosses qui hurlent leur faim et celle des chiens qui hurlent à la mort quand les gosses sont morts!

Un paysan arrive.

LE PAYSAN

Moi, je retournais la terre... Soudain, pas plus tard que tout à l'heure, mon cheval s'arrête, remue deux fois la queue, trois fois la tête, tombe par terre et crève de faim... Floc! Réglé, envoyé, c'est pesé, ça devait arriver... Je m'étais assis dessus, histoire de me chauffer un peu les fesses et de pleurer un peu la bête. Et puis la musique a commencé. On a beau dire, ça change les idées... Joue encore, petit gars, ne t'arrête pas de jouer...

Un autre casseur de pierres survient à son tour, s'assoit la tête dans ses mains.

L'HOMME

Toujours casser les pierres, jamais casser la croûte... Toujours faire des routes qui vont n'importe où, faire des enfants qui n'iront nulle part, et qui casseront des pierres... pour faire des routes, des routes... Des pierres, des cailloux, des cailloux, des cailloux...

L'ENFANT

Pourquoi vous plaignez-vous? Les notables du pays disent que les gens sont très heureux ici.

LE MENDIANT

Les notables, les notables, ils me font mal au ventre, les notables, et je suis poli...

Dans ce pays, comme dans les autres, les gens heureux sont heureux. Mais les autres, les malheureux, ils sont malheureux, comme partout. Les gens heureux n'ont pas d'histoire, mais si les malheureux essaient de raconter leur triste histoire à eux, alors les gens heureux leur cherchent des histoires... de sales histoires. En joue! Feu! La prison, la corde au cou et tout et tout, et le reste par-dessus le marché.

LE CASSEUR DE PIERRES

Si encore ils étaient heureux, vraiment heureux, les gens heureux! Mais faut voir la gueule qu'ils font, et la façon qu'ils ont de vivre leurs jours heureux... (Il hausse les épaules avec mépris.) Pauvres malheureux!...

LE PAYSAN

Bientôt, tout cela va changer. On n'a rien à perdre, peut-être qu'on a quelque chose à gagner... Il faut remuer les gens et les choses, déplacer les objets...

L'HOMME
(donnant sa fourche à l'enfant)

Regarde cette fourche, elle remue déjà.

L'ENFANT

C'est vrai, on dirait qu'elle est vivante.

Arrive un garde champêtre avec un tambour. Devant lui un gendarme. Derrière eux le capitaine Crampe.

LE MENDIANT

Taisez-vous. Voilà l'autorité...

LE CAPITAINE

Debout là-dedans et silence. Sonnez trompette, roulez tambour!

LE GENDARME

Il n'y a pas de trompette, capitaine.

LE CAPITAINE

Ça ne fait rien. Roulez tambour seulement! Mais que ça roule!

LE GARDE CHAMPÊTRE
(avec un petit roulement de voix et de tambour)

Nous qui dirigeons cette ville, prévenons la population qu'à partir d'aujourd'hui, il n'y aura rien de changé et que tout se passera comme dorénavant cela s'est toujours passé.

Il se retire, accompagné du gendarme. Le Capitaine Crampe reste seul en présence des autres.

LE CAPITAINE

Et ceux qui ne seront pas contents... (on entend les derniers roulements du tambour)... ceux qui ne seront pas contents...

Les paysans s'avancent vers lui et il est très surpris.

UN HOMME

Eh bien quoi? Ceux qui ne seront pas contents?... Qu'est-ce que tu veux dire? Finis ta phrase. Tu fais des bruits de bottes avec ta bouche, des bruits pour nous faire peur.

UN AUTRE

Fais attention, gros farceur, tu vas te piquer la langue avec tes éperons.

LE CAPITAINE

Vous oubliez à qui vous parlez!

UN HOMME

Tu l'as dit, capitaine, on oublie...

UN AUTRE

A force de casser des pierres la tête devient dure... comme la pierre. Alors, on oublie les petits détails, on oublie...

PLUSIEURS HOMMES

(ensemble)

On oublie, on oublie. Nous vous oublions, capitaine, nous vous oublions...

LE MENDIANT

(le désignant du doigt)

Quel est cet être étrange avec des moustaches mal teintes, et qui porte un si étrange chapeau avec un bord devant et pas de bord derrière? Son regard est morne, sa tête semble creuse et fragile et ébréchée comme un œuf de poule mal gobé.

UN CASSEUR DE PIERRES

Singulier phénomène! (Il regarde le capitaine comme on regarde une bête curieuse, tourne autour de lui, se baisse et se relève.) Je ne pense pas qu'il soit comestible.

LE CAPITAINE

(inquiet)

Mais je suis Crampe, le Capitaine de la gendarmerie...

LE MENDIANT

Drôle de langue, drôles de mots, et incompréhensibles... Capricampe, Cropitaine, Armurio...

LE CAPITAINE

(écumant)

Vous êtes tous une bande de brutes, de sales brutes...
Puisque je vous dis que je suis le Capitaine...

LE PAYSAN

(lui donnant un coup sur la tête)

Soyez poli avec les hommes vivants, chose imprécise
et appelée à disparaître!

LE CAPITAINE

(hurlant)

Quoi, des voies de fait, des voies de fait! (Il reçoit un
autre coup.) Oh! Ils me frappent sur la tête comme on
frappe sur la tête d'un mendiant! Ne tapez pas, ne tapez
pas sur la tête! Ça pourrait abîmer mes galons!...

> Il s'enfuit, poursuivi par les paysans. L'enfant éclate de
> rire.

LE MENDIANT

(à l'enfant)

Est-il juste que les cerfs soient toujours poursuivis par les
chiens? Si tu vois l'abbé, dis-lui que la chasse à courre est
commencée mais que ce n'est pas la peine qu'il se dérange
pour bénir la meute...

> Il s'en va.

L'ENFANT

Chacun sa musique! (Il joue.)

DEUXIÈME TABLEAU

Sur la place. Le spectacle va commencer. Un drap blanc, une
couverture blanche ou n'importe quoi de blanc, est tendu entre

deux piquets ornés de quelques minables guirlandes. Devant cette modeste scène, des bancs et des chaises sont rangés.

Le sous-préfet entre avec, à son bras, Juana, sa fiancée, fille du préfet.

LE SOUS-PRÉFET

Tenez, voici la meilleure place, ma chère âme, j'ai tenu à vous la réserver.

JUANA

Oh! Je m'assois n'importe où, je suis si lasse, si fatiguée...

LE SOUS-PRÉFET

C'est vrai, cette pâleur, ces mains brûlantes de fièvre, ces yeux cernés...

JUANA

Peut-être ai-je trop pensé à vous cette nuit, mon ami.

LE SOUS-PRÉFET

Vous êtes la plus fragile et la plus exquise des fiancées.

Des spectateurs s'installent : quelques vieillards décorés, quelques vieillardes en robe de soirée.

UN VIEILLARD

Et ce spectacle magnifique, seul un bon chrétien peut le voir...

UN AUTRE VIEILLARD

J'aime mieux me placer le plus près possible, ma vue a beaucoup baissé... (Ils s'installent.)

Derrière eux entrent un homme et une femme qui s'embrassent. Le Sous-Préfet se retourne mais ne les voit qu'à l'instant où ils cessent de s'embrasser.

LE SOUS-PRÉFET
(à Juana)

Oh! Voici votre cousine Térésa et ce godelureau de Juan. Je déteste ce jeune homme et quand je le vois tourner autour de vous, cela me donne le tournis... Je le déteste. C'est un garçon qui n'a pas de situation, pas d'avenir, pas de scrupules, pas de santé...

JUANA

Pas de barbe...

LE SOUS-PRÉFET

Hein?

JUANA

Vous, vous avez une barbe.

LE SOUS-PRÉFET

Vous n'aimez pas ma barbe?

JUANA

Je l'adore. (Elle tire dessus.)

LE SOUS-PRÉFET
(un peu gêné)

Charmante espiègle! Je vais chercher le préfet. (Il la quitte et sort.)

> Térésa vient s'asseoir à côté de Juana. Derrière eux, à côté d'une vieille femme, Juan s'assied, impassible.

TÉRÉSA
(à Juana)

Je pense que tu connais les conditions dans lesquelles on doit se trouver pour voir le spectacle?

JUANA

Hélas! Je les connais, mon père m'a prévenue, et je suis folle d'inquiétude...

TÉRÉSA

Moi aussi...

JUANA

Écoute. Cette nuit, j'étais dans ma chambre, toute nue. La chaleur... Juan est entré, il a fermé la porte derrière lui, moi j'ai fermé les yeux et j'ai poussé un cri... Mais personne n'a entendu ce cri, pas même lui... Sa bouche a étouffé mon cri.

> Sur la scène, Chanfalla et Chirinos, indifférents et immobiles, regardent les spectateurs. C'est leur façon à eux de préparer le spectacle.

TÉRÉSA

Et Juan n'est pas parti!

JUANA

Non, il est resté.

TÉRÉSA

Jusqu'à quelle heure?

JUANA

Jusqu'à deux heures.

TÉRÉSA

Oh! le misérable! Il n'est venu chez moi qu'à trois heures et demie... Il a dû faire tout le pays.

JUANA

Oui!

> Soudain Chanfalla élève la voix et agite les bras.

CHANFALLA

Attention au Tableau des Merveilles! Devant ce tableau, plein de beauté, les filles qui ont fauté sont frappées de cécité. Voilà la vérité...

TÉRÉSA

Oh! J'ai peur...

JUANA

Tu as peur...

LES DEUX ENSEMBLE

Nous avons peur.

JUAN
(s'approchant des deux filles)

Rassurez-vous, avec d'aussi grands yeux que les vôtres, vous pourrez voir toutes les merveilles du monde, même les plus cachées, moi je les ai vues cette nuit et j'en suis encore émerveillé.

JUANA

Taisez-vous, vous êtes un monstre...

TÉRÉSA

Oui, un monstre...

JUAN

Vous étiez beaucoup plus douce, cette nuit, Marguerite.

TÉRÉSA

Mais je ne m'appelle pas Marguerite.

JUANA

Moi non plus.

LES DEUX JEUNES FILLES ENSEMBLE

Nous ne nous appelons pas Marguerite.

JUAN

Alors, diable... Qui donc peut bien s'appeler Marguerite? Consultons notre petit carnet... (Il consulte.) Voyons les m... Marceline, Marion, Marie...

TÉRÉSA

Oh! Taisez-vous! Assez! Partez!

JUANA

Vous êtes le dernier des êtres!

JUAN

Le dernier, le premier, comme vous voudrez... Si vous croyez que c'est drôle de s'appeler Don Juan! On voit bien que ce n'est pas vous qui décachetez mon courrier... Et puis ça fatigue la moelle épinière.

JUANA

Partez.

Entrée du préfet et du sous-préfet.

JUAN

Je m'en vais. Justement voilà le préfet. Je vais m'incliner devant lui, le saluer et rire un peu aussi dans la barbe du sous-préfet.

Mais n'oubliez pas, Marguerite, demain mardi, comme la grande aiguille sur la petite, je serai chez vous à minuit...

Il s'éloigne et se dirige vers le préfet.

JUANA

C'est à moi qu'il a donné rendez-vous.

TÉRÉSA

Non, c'est à moi.

JUANA

Mais tu ne t'appelles pas Marguerite?

TÉRÉSA

Pourquoi pas?

JUANA

Alors, moi aussi je m'appelle Marguerite.

LES DEUX ENSEMBLE

Alors, nous nous appelons Marguerite.

> Le préfet et le sous-préfet s'installent. Juan non loin d'eux, s'assoit au beau milieu d'un groupe de très vieilles dames.

LE PRÉFET

Puisque je suis arrivé, je pense que le spectacle doit commencer!

CHANFALLA

Qu'il en soit fait selon votre volonté, Monsieur le préfet. (Présentant Chirinos et l'enfant.) Ici la directrice, ici le musicien.

LE PRÉFET

(se dressant et hurlant)

Ah non! Pas le musicien!

CHANFALLA

Il est là parce que c'est la coutume, mais il ne jouera pas puisque vous n'en exprimez pas le désir. (Et désignant le drap blanc, soudain et fort à propos.) C'est ici que les merveilles vont commencer... Voyez, déjà le vent vient jouer son rôle dans l'histoire.

Attention! (Hurlant.) Je vous dis que le spectacle va commencer, je vous dis que le spectacle commence, je vous dis que le spectacle est déjà commencé!

Voyez cet homme qui s'avance dans le vent, une mâchoire d'âne à la main. C'est le prodigieux Samson et beaucoup parmi vous, j'espère, l'ont immédiatement reconnu avant que j'aie prononcé son nom... Il gravit les marches du Temple en criant comme un insensé. Regardez Samson. Regardez-le bien... Regardez les colonnes du Temple, voyez comme elles sont secouées. Regardez le Temple, levez la tête... Le Temple va s'écrouler... Arrête! par la grâce de Dieu le Père! Arrête! Car tu pourrais le renverser ou mettre en morceaux la noble assemblée ici présente... (Cris d'épouvante des spectateurs, sauf de Don Juan qui consulte son petit carnet.)

LE PRÉFET

(se dressant)

Halte-là! Il serait beau que venus pour nous divertir, nous nous en allions...

LE SOUS-PRÉFET

(à voix basse)

Nous nous en « allassions »...

LE PRÉFET

Merci. (Reprenant) que nous nous en allassions estropiés.

LES SPECTATEURS

Arrête, brave Samson, nous te voyons, nous te voyons...

LE SOUS-PRÉFET

Il faudrait être trois fois juif et six fois parjure pour ne point le voir. Il est habillé en grand turc et ses cheveux sont fort longs et très noirs.

JUANA

(à Térésa)

Vois-tu quelque chose, Marguerite?

TÉRÉSA

Non, Marguerite, et toi?

JUANA

Moi non plus, Marguerite.

Elles se dressent et crient :

Oh! Samson! Arrête de secouer le Temple, nous t'en conjurons...

CHIRINOS

Samson s'éloigne, la mâchoire d'âne à la main, tout redevient calme, excessivement calme... (elle hurle) mais prenez garde! Spectateurs et spectatrices, voilà maintenant un taureau en furie!

CHANFALLA

L'animal est entier, c'est celui-là même qui tua dernièrement dans les rues de Salamanque un malheureux portefaix qui ne lui avait absolument rien fait.

CHIRINOS

Couchez-vous... Couchez-vous tous... (La plupart se couchent.)

UNE TRÈS JEUNE ET TRÈS VIEILLE
ET TRÈS SOURIANTE FEMME FATIGUÉE

(debout, à l'écart, et qui n'a pas eu les moyens de payer sa place)

Moi, je ne vois rien et n'entends rien de toutes ces choses dont vous parlez.

UNE VIEILLARDE

(secouant Juan assis près d'elle)

Je vous en prie, Juan, aidez-moi à me coucher, je suis si vieille, si fatiguée et j'ai tellement peur... (elle hurle) tellement peur de cette bête!

JUAN

Qu'il en soit fait suivant votre désir, vieille chose!

(Il la jette à terre tout simplement et très brutalement.)

LA VIEILLARDE

(hurlant)

Oh! Il me piétine, le taureau!

Oh! Piétine-moi encore. Écrase-moi, encorne-moi, taureau!

TÉRÉSA

Moi aussi, le taureau me regarde et je suis sûre qu'il aime les filles.

JUANA

Oh! Fermez bien les portes de nos chambres, pères et mères, car ce taureau viendra nous voir la nuit, toutes les nuits.

LE PRÉFET

Qu'est-ce qu'elle dit? Elle est folle!

LE SOUS-PRÉFET

Vous croyez qu'elle le voit?

LE PRÉFET

Qui ça?

LE SOUS-PRÉFET

Le taureau.

LE PRÉFET

Mais cela crève les yeux, qu'elle le voit! (Se redressant soudain, soudain la parfaite image d'un parfait matador.) Tout le monde voit cette bête, mais je suis préfet, seul je la tiens à l'œil...

Quand les plus humbles de ses administrés sont menacés, devant la plus fauve des bêtes fauves, un préfet ne doit pas reculer. (Mimant la scène.) Le voilà! Il fonce! Je l'évite et le saisis par les cornes, et... et...

LE SOUS-PRÉFET

... Et vous le renversez.

LE PRÉFET
(triomphalement)

Oui, je le renverse!

LES SPECTATEURS

Oh! Il l'a renversé... Le préfet a saisi le taureau par les cornes et l'a renversé... Vive le préfet!

LE PRÉFET
(très fier)

Monsieur le directeur, ne faites plus sortir de ces figures qui nous épouvantent. Je ne dis pas cela pour moi mais pour les jeunes filles... Il y a des choses qu'il vaut mieux que les jeunes filles ne voient pas.

CHANFALLA

Excusez-moi, mais je ne suis pas le maître des merveilles que je présente! Voyez maintenant cette troupe de rats qui vient de ce côté...

CHIRINOS

Et qui vient en ligne droite de l'arche de Noé.

LE PRÉFET

Oh! J'ai une peur horrible des rats!

LE SOUS-PRÉFET

Vraiment?

LE PRÉFET

Je ne peux sans malaise entendre prononcer leur nom.

UNE VIEILLARDE
(criant)

Oh! Les voilà!... Les rats! Les rats!

LE PRÉFET

Les rats! Les rats!

PLUSIEURS VIEILLARDES
(affolées, grimpant sur leurs chaises)

Les rats! Les rats!

LA PREMIÈRE VIEILLARDE
(à Don Juan)

Je vous en prie, aidez-moi à monter sur mon fauteuil... Ils vont me dévorer...

DON JUAN

Vous êtes très bien là où vous êtes.

JUANA

Jésus! Des rats!... Retenez-moi ou je me jette par la fenêtre... Des rats! Ils vont démailler mes bas...

TÉRÉSA

Serre tes jupes, ils vont grimper...

JUANA

Un rat noir est attaché à mon genou. Que le ciel vienne à mon secours!...

JUAN

Voilà! Voilà! (Il s'avance vers Juana et passe la main sous ses jupes.)
N'ayez plus peur, je le tiens!

> La vieille est toujours par terre, près des jeunes filles. Soudain elle saisit Juan par les pieds. Il tombe. Elle se jette sur lui. Deux autres vieillardes se jettent aussi sur lui en hurlant.

LES VIEILLARDES

Ah! Don Juan! Pourquoi vas-tu toujours chercher sous les jupes des jeunes filles!... Nous avons des jupes, nous aussi, nous sommes encore et toujours mordues par les rats... Et nous allons bientôt mourir!
Oh! Ils nous mordent! Délivre-nous des rats, Juan, délivre-nous...

DON JUAN
(râlant)

Vous m'étouffez! Elles m'étouffent!

LES VIEILLARDES

Seigneur Don Juan! Délivrez-nous des rats! Ainsi soit-il!

CHANFALLA

Calmez-vous, spectateurs et spectatrices. La troupe de rats s'en va comme elle est venue, à petits pas...

Tout le monde se calme.

LE PRÉFET

Me donnez-vous l'assurance formelle que ces bêtes vont partir et ne reviendront plus? Vous engagez-vous à nous montrer des merveilles moins agressives et plus édifiantes? Une autre scène de la Bible, par exemple?... Sinon, dès le spectacle terminé je vous fais chasser de la ville à coups de poing et à coups de pied...

CHANFALLA

Je vous le promets, monsieur le Préfet. En avant la musique!

LE PRÉFET

Pas la musique! Pas la musique! (Il descend de sa chaise et crie.) Pas la musique, surtout pas la musique!

Soudain, d'un groupe de vieillardes penchées sur le corps de Don Juan, l'une se lève et hurle.

LA VIEILLARDE

Que Dieu ait son âme! Un malheureux spectateur a été étouffé!

LE PRÉFET

Qu'on emporte le corps et que le spectacle continue, puisque le spectacle a été commencé. Telle est notre volonté!

On emporte le corps.

LE SOUS-PRÉFET

Je l'avais toujours dit... ce garçon-là n'avait pas de santé.

JUANA

(à Térésa)

Oh! C'est le corps de Juan qu'on emporte! Les vieilles l'ont étouffé...

TÉRÉSA

Tais-toi, Marguerite, tais-toi, ne cause aucun scandale...

JUANA

Mais il était le plus joli! Et mon fiancé est barbu...

TÉRÉSA

Marie-toi le plus vite possible, Marguerite, coupe-lui la barbe et la gorge avec. Tu diras qu'il s'est tué en se rasant, tu porteras le voile de veuve, et tu seras libre comme le vent!

JUANA

Tu as raison, Marguerite, je serai libre comme le vent!

Elle pleure. Le sous-préfet passe et la regarde, étonné.

CHANFALLA

(sur l'estrade)

Monsieur le Préfet, Monsieur le Sous-Préfet, Mesdames, Messieurs, le spectacle continue. Vous n'avez qu'à regarder. Ah! Ah! voici qu'apparaît Salomé, la danseuse qui, pour le prix de sa danse, obtint la tête d'un homme fort estimé en son temps. Regardez comme elle danse... Aucune fille du monde ne sut jamais danser comme elle...

LE PRÉFET

A la bonne heure! Voilà une belle figure, aimable et reluisante, et elle se trémousse!

LE SOUS-PRÉFET

C'est en effet, la plus belle danseuse que j'aie jamais vue!

Approbation des spectateurs.

LE PRÉFET

C'est la danse en personne! Eh! Sous-Préfet, mon futur gendre, il ne sera pas dit que la danseuse aura dansé toute seule... Vous qui avez les jambes si minces et si remuantes, allez danser avec elle.

LE SOUS-PRÉFET

Moi, danser avec cette fille! Monsieur le Préfet... mais vous n'y pensez pas. Que dirait ma fiancée!...

JUANA
(avec un sourire d'ange)

Mais elle ne dirait rien. Elle n'a pas encore le droit d'être jalouse puisqu'elle n'est pas encore mariée. Alors, écoutez mon père, levez-vous et dansez avec la belle Salomé.

Le sous-préfet, la mort dans l'âme, s'exécute et danse le mieux qu'il peut, c'est-à-dire le plus mal possible, avec la merveilleuse partenaire qui brille de tout l'éclat de son indéniable absence. Les spectateurs, eux, sous le charme de son indéniable présence, les accompagnent, tapant des pieds, claquant des mains.

L'enfant reprend alors sa musique en même temps que surgit, devant la grande toile blanche de plus en plus arrachée par le vent, le Capitaine Crampe de la gendarmerie, les bras en croix, la barbe en charpie, le regard égaré ainsi que le képi.

LE CAPITAINE CRAMPE
(hurlant)

Alerte! Alerte! Le pays est en feu!

LE SOUS-PRÉFET

Oh! Oh! Michel Strogoff...

LE CAPITAINE CRAMPE
(hurlant et gesticulant)

Ils arrivent... Ils frappent, ils cognent, ils crient, ils chantent, ils rient et leur rire est terrible à entendre... Dans cinq minutes ils seront ici. Alerte! Alerte! que je vous dis!

Inquiétude des spectateurs.

LE PRÉFET
(se levant)

Comment, c'est vous, capitaine, qui venez faire du scandale ici?... Vous êtes ivre et vous avez perdu votre képi.

LE CAPITAINE

Oh! Si on peut dire!

LE PRÉFET

Oui, capitaine, on peut dire. Et je ne m'en prive pas. Ainsi, nous assistons à un spectacle qui promet de devenir édifiant et vous venez, vous osez venir nous jouer ici en titubant les dernières cartouches de je ne sais quelle scène de quel affreux mélodrame pour petites gens indigents! Otez-vous de la scène, cachez-vous sous un banc, cuvez votre vin... Je vous parlerai demain très sérieusement.

LE CAPITAINE

Mais puisque je vous dis...

LE PRÉFET

Silence! Et continuez, Monsieur le Directeur, je vous en prie.

CHANFALLA
(criant très fort)

Vous allez voir maintenant un noble et pauvre vieillard, le plus vieux et le plus pieux des plus nobles vieillards... Regardez, voyez comme il brille et comme son vieux corps décharné resplendit... Regardez Job sur son fumier... Il se gratte les ulcères avec un vieux morceau de pot de fleurs, mais il remercie le Seigneur parce que son fumier est doré. Regardez, regardez le fumier qui brille, regardez-le briller...

LE CAPITAINE

Je vous jure qu'ils arrivent. Au nom de Dieu, écoutez-moi!

LE PRÉFET

Regardez Job, mon capitaine, si vous avez encore les yeux en face des trous.

LE SOUS-PRÉFET

C'est vrai qu'il brille! Quel beau vieillard!

LE CAPITAINE

Mais je suis, ils sont, vous êtes... Sommes-nous tous fous? Je ne vois rien, absolument rien!

LE PRÉFET

Vous ne voyez rien parce que vous êtes ivre et parce que vous êtes sans doute un mauvais chrétien, un adultère, un juif peut-être... Enfin, vous êtes de ceux-là puisque vous ne voyez rien.

LE CAPITAINE

Canaille de préfet! Si vous dites encore une fois que je suis de ceux-là, je ne vous laisserai pas un os entier!

LE PRÉFET

(hurlant)

Vous êtes de ceux-là! Vous êtes de ceux-là!

DES SPECTATEURS

Le préfet a raison! Vous êtes de ceux-là!

Ils se battent, cependant que surviennent les paysans, les casseurs de pierres, fort aimablement menaçants.

UN TRÈS VIEUX NOTABLE

(se levant)

O insensés, regardez donc le spectacle au lieu de vous disputer! Admirez les merveilles de la pauvreté, la splendeur de la misère et ses beautés cachées! Job remercie le Seigneur de ne pas lui donner à manger. Je vous le dis, en vérité, le pauvre est bon comme le bon pain!

Un casseur de pierres le frappe sur la tête avec beaucoup de modération. Il s'écroule.

LE CAPITAINE

(soudain réalisant la chose)

Les voilà! Je l'avais dit, je vous avais prévenus, et vous ne vouliez pas me croire... Ils vont vous frapper sur la tête comme ils m'ont frappé! Ils vont casser vos assiettes et ce sera bien fait!

LE PRÉFET

(n'en croyant pas ses yeux, ni ses oreilles, ni n'importe quoi, en désespoir de cause s'adressant à Chanfalla)

Enlevez cette vision, directeur, enlevez ce tableau regrettable! Nous n'avons pas payé notre place pour voir semblable chose!

Il reçoit un coup sur la tête et s'écroule à son tour.

LE SOUS-PRÉFET
(aux abois)

Au secours! Au secours! (Et comme on le frappe de même, il ajoute, avant de s'écrouler) Et même le sous-préfet!

JUANA
(à Térésa)

Regarde ces hommes qu'on voyait au loin sur la route. Comme ils sont différents des autres, quand on les voit d'aussi près!

TÉRÉSA

Ils pourraient me faire un peu peur...

JUANA

A moi aussi. Mais ils pourraient peut-être me faire plaisir, vraiment...

TÉRÉSA

Oui, ils sont plus vivants que Juan, de son vivant.

LE MENDIANT
(s'adressant à l'enfant)

Joue-nous ta musique, petit, nous sommes aussi venus pour danser.

L'ENFANT
(jouant)

Oh! Ma musique a changé. Elle est toujours pareille, mais plus joyeuse et plus gaie!

LE MENDIANT

Et que les vieillardes dansent avec les vieillards et que les filles dansent avec les garçons!

Tout le monde danse, sauf le préfet, le sous-préfet et d'autres inanimés.

Chanfalla et Chirinos s'en vont en souriant. L'enfant les suit, souriant aussi, mais on entend toujours sa musique accompagnant toujours les danseurs.

Les danseurs continuent à danser, cependant que le rideau commence à tomber.

VAINEMENT

Un vieillard hurle à la mort
et traverse le square en poussant un cerceau
Il crie que c'est l'hiver et que tout est fini
que les carottes sont cuites que les dés sont lâchés
et que la messe est dite et que les jeux sont faits
et que la pièce est jouée et le rideau tiré
Vainement
vainement
De bons amis m'appellent qui me détestent bien
de vieux amis obèses me surveillent montre en main
me supplient de comprendre tout ce qu'ils ont compris
Vainement
vainement
De vrais amis sont morts d'un seul coup tout entiers et
    d'autres vivent encore et rient de toutes leurs dents
les autres les appellent et m'appellent en même temps
Vainement
vainement
Les autres qui sont morts déjà de leur vivant
et qui portent le deuil de leurs rêves d'enfants
et ces gens exemplaires corrects et bien élevés
se tuent à vous prédire ce qui va arriver
et la route toute droite le chemin tout tracé
et la statue de sel la patrie en danger
Le moment est venu de se faire une raison
Déjà au fond du square on entend le clairon
le jardin va fermer
le tambour est voilé
Vainement
vainement

Le jardin reste ouvert pour ceux qui l'ont aimé.

Fête

Dans les grandes eaux de ma mère
Je suis né en hiver
une nuit de février
Des mois avant
en plein printemps
il y a eu
un feu d'artifice entre mes parents
c'était le soleil de la vie
Et moi déjà j'étais dedans
Ils m'ont versé le sang dans le corps
c'était le vin d'une source
et pas celui d'une cave

Et moi aussi un jour
comme eux je m'en irai.

Jacques Prévert

RÉFÉRENCES

LA TRANSCENDANCE (p. 11). — Une partie de ce texte a été enregistrée par l'auteur pour la Radiodiffusion Nationale. L'émission a été interdite par le Comité de Censure de cette organisation (1949).

GRIPPE-SOLEIL (cité dans « Bruits de coulisse », pp. 23-24). — La rumeur et la notoriété publiques et privées nous permettent d'affirmer sans toute réserve que ce charmant pseudonyme évoquant Beaumarchais était, à l'époque où il écrivait dans « Le Littéraire », celui de Claude Mauriac, fils de François Mauriac.

BRANLE-BAS DE COMBAT (p. 82). — Ce scénario a été joué pour la première fois sur la scène de la « Rose Rouge », en 1950.

EN FAMILLE (p. 106). — Cet acte a été joué pour la première fois sur la scène de la « Rose Rouge », en 1947.

LA BATAILLE DE FONTENOY (p. 122). — Cette pièce, jouée pour la première fois en 1932 par le « Groupe Octobre », fut à son répertoire et souvent jouée entre 1932 et 1934.

Mise en scène par Lou Tchimoukow (Louis Bonin), elle fut surtout interprétée par Guy Decomble, Raymond Bussières, Marcel Duhamel, Lazare, Jeannette et Raymonde Fuchs, Jean Loubès, Max Morise, Suzanne Montel, Gisèle Prévert, Arlette Julien, Jacques Prévert, Yves Allégret, Léo Sabas, Jean-Paul Lechanois, Jean Ferry, Maurice Hiléro, Marcel Jean, Louis Felix, Jean Brémaud, J.-A. Boiffard, Virginia Grégory, Ida Jamet, Alice Dessenne... et les nombreux collaborateurs de la troupe qui ne sont pas oubliés mais dont il est impossible de citer tous les noms.

Représentée à Moscou au printemps 1933 par la troupe du « Groupe Octobre », à l'occasion d'une Olympiade internationale de Théâtre Ouvrier, LA BATAILLE DE FONTENOY obtint le premier prix.

MARCHE OU CRÈVE (p. 159), chanson du « Groupe Octobre » (1932-1936).

EN ÉTÉ COMME EN HIVER (p. 161), musique de J. Kosma.

SANGUINE (p. 163), musique de H. Crolla.

IL A TOURNÉ AUTOUR DE MOI (p. 164), musique de J. Kosma.

CHANT SONG (p. 165), musique de H. Crolla.

CHANSON DES SARDINIÈRES (p. 167), chanson du « Groupe Octobre » chantée dans SUIVEZ LE DRUIDE... (1935).

TOURNESOL (p. 169), musique de J. Kosma (Enoch, édit.).

LA BELLE VIE (p. 171), chanson écrite pour le film LA FLEUR DE L'AGE, et mise en musique par J. Kosma (Enoch, édit.).

AUBERVILLIERS (p. 173), chansons écrites pour le film d'Eli Lotar, AUBERVILLIERS, et mises en musique par J. Kosma (Salabert, édit.).

LES ENFANTS QUI S'AIMENT (p. 176), chanson écrite pour le film LES PORTES DE LA NUIT, et mise en musique par J. Kosma (Enoch, édit.).

LOS OLVIDADOS (p. 179), écrit en 1951, après avoir vu le film de L. Bunuel.

PARFOIS LE BALAYEUR... (p. 214), a paru dans les « Cahiers d'art » en 1946.

DANS CE TEMPS-LA... (p. 216), a paru dans « Verve » n° 24, 1950.

EAUX-FORTES DE PICASSO (p. 223), a paru dans les « Cahiers d'art » en 1944.

LA NOCE OU LES FOLLES SAISONS (p. 248), ballet mis en musique par J. Kosma.

LE TABLEAU DES MERVEILLES (p. 266). — Cette pièce, librement adaptée de Cervantès, a été montée par Jean-Louis Barrault en 1935, puis reprise en 1936 par le « Groupe Octobre ».

Mise en scène par Lou Tchimoukow (Louis Bonin), elle était interprétée par :

J.-L. Barrault (Chanfalla) — Denise Lecache (Chirinos) — Mouloudji (L'enfant) — Max Morise (Le Préfet) — Marcel Duhamel (Le sous-préfet) — Guy Decomble (Le capitaine Crampe) — Roger Blin (Juan) — Rolande Labisse (Juana) — Germaine Pontabry (Térésa) — Suzanne Montel, Margo Capelier, Henri Leduc, Maurice Baquet (Les vieillardes) — Raymond Bussières (Le mendiant) — Fabien Loris (Le paysan) — Bernard (Le casseur de pierres) — Pom (Le garde champêtre) — Rougeul et Rico (Les vieillards).

LE TABLEAU DES MERVEILLES a été représenté, à différentes reprises, avec d'autres sketches et chansons du « Groupe Octobre », au Palais de la Mutualité, à la Mairie de Montreuil, pendant les grèves, au rayon « Communiantes » des magasins du Louvre, aux dépôts de la Samaritaine, aux studios Francœur, etc...

DU MÊME AUTEUR

COLLECTION FOLIO

Dernières parutions

Impression Bussière à Saint-Amand (Cher),
le 14 septembre 1983.
Dépôt légal : septembre 1983.
1er dépôt légal dans la collection : avril 1972.
Numéro d'imprimeur : 2155.
ISBN 2-07-036104-7./Imprimé en France.